Lucien Deprijck

Ein letzter Tag Unendlichkeit

W0272566

Lucien Deprijck

Ein letzter Tag Unendlichkeit

Geschichte einer Lustfahrt

Roman

Unionsverlag

Im Internet
Dokumente zu Klopstocks Fahrt auf dem Zürichsee
www.unionsverlag.com

© by Lucien Deprijck 2015
© by Unionsverlag 2015
Rieterstrasse 18, CH-8027 Zürich
Telefon +41 44283 20 00, Fax +41 44283 20 01
mail@unionsverlag.ch
Alle Rechte vorbehalten
Umschlaggestaltung: Martina Heuer, Zürich
Umschlagbild unter Verwendung von Skizzen
von Jean-Antoine Watteau (1684–1721):
Study of heads, drawing. © akg-images/De Agostini Picture Lib./J. E. Bulloz.
Drie vrouwenkoppen. © Teylers Museum Haarlem The Netherlands.
Druck und Bindung: CPI – Clausen & Bosse, Leck
ISBN 978-3-293-00483-2

Prolog

Die Dunkelheit wich. Ein Tag zog herauf. Wie ein jeder das Sinnbild aller Schöpfung.

Zuerst war es nur eine Veränderung, welche die wenigsten Menschen in der Lage waren wahrzunehmen. Bevor noch irgendein Zeichen von Licht erkennbar wurde, verdichtete sich die Dunkelheit, zog ein Wind auf. Als ballte sich die Nacht in einem letzten Aufbäumen zusammen. So wie alles auf der Welt sich immer aufzulehnen scheint gegen etwas, was doch ganz unvermeidlich ist.

Dann veränderte sich der Horizont im Osten, so allmählich, dass ein Anfang kaum zu bestimmen war. Die Konturen der Berge und der Ufer wurden deutlicher, dann wurde der Himmel in einem schmalen Streifen heller. In einem ersten Glanz begann der See zu schimmern. Bald sah er aus wie fließendes Metall, wie Quecksilber. Noch waren keine Farben unterscheidbar. Noch war kaum mehr zu hören als die Stimmen früher Vögel.

Etwas lag über den Häusern, über Stadt und Land und See, das dort immer war und mit der frühen Morgenbrise aufs Wasser hinaustrieb. Hinauf in den weiten Himmel. Es war ein unsichtbares, weder spür- noch fassbares Werden und Vergehen, in eins verwoben. Etwas, das die Welt bestimmte, was noch nie ein Mensch erkannt hatte oder würde je erkennen können.

Es lag über allem und bestimmte alles und *war* alles. Es war die Dunkelheit und das Licht, war Bewegung und Stille, war Wind, war der Mond hinter sich auflösenden Wolken und war die Sonne, deren Position, noch unter dem Horizont, bald bestimmbar war.

Sie stand im Begriff aufzugehen. Und hätte man sich auch dagegen wehren wollen und ernsthaft gewünscht, die Zeit anzuhalten – es war nicht zu verhindern.

Der Tag war da. Er war angebrochen und würde jetzt unaufhaltsam seinen Lauf nehmen.

I

Als Hirzel in aller Herrgottsfrühe dort unten am Ufer stand, spürte er es: Dies war ein besonderer Tag.

Die Limmat floss dahin, nicht anders als sonst, der See öffnete sich dem Blick wie stets, doch nicht nur, dass ein weiterer strahlender Tag heraufzog, wie es in diesem Jahr schon so viele gegeben. Nicht nur, dass die Luft nach einem reinigenden nächtlichen Gewitter wohltuend klar erschien, der See im frühen Sonnenlicht erglänzte. Da war noch etwas, darüber hinaus, von ganz anderer Art. Irgendetwas lag in der Luft, etwas Unfassbares, wie ein Flirren. Und da war – unerklärlich – diese Ahnung: dass es mit diesem Tag eine besondere Bewandtnis hätte.

Hans Caspar Hirzel stand da, in seinem etwas zu eng sitzenden Rock und den ausladenden Ärmelaufschlägen, mit einer Figur, welche trotz seiner erst fünfundzwanzig Jahre einem genauen Betrachter bereits die sich anbahnende Leibesfülle und Rundung des Bauches zu ermessen gab. Er war eigentlich ein Mann mit einem freundlichen Gesicht, mit stets gleichbleibend heiteren Zügen, der dem Leben zugetan war, obwohl er in seinem Berufsstand als Arzt allerlei Not und Elend zu sehen bekam. Nun jedoch war seine Miene ungewohnt nachdenklich, beinahe bedrückt. Er war befasst mit diesem sonderbaren Gefühl, das einer Eingebung glich.

Gewiss, schon der Rahmen des Vorhabens sprengte das Gewöhnliche, die Lustfahrt auf dem See war an sich ein außerordentliches Unternehmen. Gerade er selbst, Hirzel, federführend in Planung und Vorbereitung, hatte allen Grund, aufgewühlt zu sein. Fühlte sich nun jedoch von einer inneren Erregung erfasst, die weit mehr andeutete als bloße Ungeduld.

»Er wird doch kommen?« Hirzels bange Frage war anscheinend an seine Gattin, ihm zur Seite, gewandt, doch eigentlich sagte er es mehr zu sich selbst. Dieser Gedanke: dass er am Ende gar nicht erschiene! Er, von dessen Teilnahme doch alles abhing. Für den man diese Fahrt überhaupt erst anberaumt hatte. Ohne den alles zu einem Allerweltsvergnügen, zu einem herkömmlichen Bootsausflug verblassen würde.

»Er wird schon kommen!«

Hirzel beruhigten diese begütigend gesprochenen Worte seiner Frau wenig. Musste er doch mitansehen, wie nach und nach die Mitwirkenden ihrer Tagesfahrt sich am vereinbarten Ort einfanden. Wolf und Werdmüller erschienen, mit ihren Gattinnen, Rahn und Salomon Hirzel, sein eigener, jüngerer Bruder. Der junge Schinz mit seiner Schwester. Keller von Goldbach mit einer gertenschlanken Schönheit. Sie trafen ein, nach und nach. Binnen Kurzem waren alle vollzählig – alle bis auf einen. Der eine, auf den alle ungeduldig warteten.

Fragen wurden laut, Köpfe wandten sich hierhin, dorthin. Hirzel, achselzuckend, schritt unruhig hin und her.

Ob man hinaufgehen solle, ihn zu holen? Ob er am Ende den Weg nicht fände?

Doch dann, endlich, war es so weit, gottlob. Er kam.

Klopstock.

Friedrich Gottlieb Klopstock, er selbst. Diesmal nicht zu Pferd, sondern zu Fuß. Allzu weit war es ja nicht bis zu dem Haus am Oberen Schönenberg, wo er logierte. Munter ausschreitend, nach Manier eines Wanderers, trat er aus den engen Gassen hervor ins Freie und kam herüber zur Anlegestelle.

Und wie er erschien! Das war wahrhaftig ein denkwürdiger Anblick! Die am Ufer Versammelten gerieten regelrecht ins Staunen. War derjenige, der da auf sie zuschritt, doch allein äußerlich, in seiner Bekleidung, fraglos eine Augenweide. Er trug einen fein geschnittenen Rock, offensichtlich nagelneu, gehalten in einem kräftigen Ton von Rostrot, kam mit seinen besten Kniehosen und Strümpfen und einem Schuhwerk daher, das sich gleichfalls sehen lassen konnte. Dies alles hatte einiges an Kosten verursacht, wie unschwer zu erkennen war.

Und dann die Perücke! Vom Feinsten! Bekrönt mit einem Dreispitz, der verwegen ein gutes Stück in den Nacken geschoben war.

Kein Zweifel, der Mann hatte Courage!

Natürlich hatte Klopstock es sich nicht nehmen lassen, sein Erscheinen als Auftritt zu inszenieren. Nicht zuletzt war auch der Zeitpunkt des Eintreffens eine Frage von Stil. Dass er dabei Wert auf ein gefälliges Äußeres legte, kam nicht von ungefähr, denn das glaubte er seiner Umgebung schuldig zu sein. Schließlich war er nicht irgendwer, und es gab an ihn gewisse Erwartungen. Obwohl noch jung an Jahren, galt er bereits als ein Mann der öffentlichen Dinge, ein Mann, der einen gewissen Ruf und sogar Ruhm genoss, zumal hier, in der Schweiz. Einer, an dessen Lippen man hing, das war ihm keineswegs entgangen. Dieses Bemühen, seinen Äußerungen Gewicht und einen besonderen Wert beizumessen. Man verstummte, wenn er redete, ein Spalier sprachlichen Innehaltens, gebildet, um seinen Äußerungen Raum und Aufmerksamkeit zu verschaffen.

Und Aufmerksamkeit war ihm hier in Zürich weiß Gott im Ausmaß zuteilgeworden. Aufwartungen und Einladungen allenthalben, kaum dass er bei Bodmer, seinem Gastgeber, angelangt war. Und hatte er sich während dieser ersten Tage seines Aufenthalts hinunter in die Gassen und Straßen der Stadt begeben – zumal hoch zu Ross, was unvermeidlich etwas hermachte –, war ihm mit Blicken, Rufen und Winken ein allgemeines Willkommen und herzliches Grüßen widerfahren, weit über das Maß hinaus, das ihm in seinen kühnsten Fantasien vorgeschwebt hatte.

Vor drei Tagen hatte er dann eine Einladung folgenden Inhalts aus der Feder Hartmann Rahns empfangen:

Mein Herr!
Wir sind eine Gesellschaft, die beiden Hirzels, Werdmiller, der jüngere Schinz, Keller, ein Mann von guter Art, und ich, die wir uns verbunden haben, Sie am nächsten Donnerstag auf unserem See zu feiern. Jeder wird seine

Dulcinea mit sich haben. Die Hausherrin unseres Doktors wird für den Helden des Festes bestimmt sein und wird versuchen, ihm ihre Reize so abwechslungsreich wie möglich darzubieten, damit er nicht nach und nach jedem von uns sein Liebstes entführt. Kann sie uns das verbürgen, umso besser für sie; erreicht sie das nicht, umso besser für unsere Mädchen. Sie müssen wissen, mein lieber Herr, dass alle diese Mädchen schon eingeladen sind und dass es nur noch um Ihre Zustimmung geht …

Als ob es seines Einlenkens ernsthaft noch bedurft hätte! Sicherlich, der Form halber und um die Dinge unmissverständlich in Fluss zu bringen. Doch wusste insbesondere Hirzel nur zu genau, worum es ihrem prominenten Gast hier zu tun war, hatte Klopstock doch wohlweislich bereits brieflich keinen Hehl aus seinem Wunsch gemacht, in Zürich Vertreterinnen des zarten Geschlechts zu begegnen. Mit einer solchen Einladung konnte man also nicht fehlgehen.

Brave Leute waren das, in der Tat. Klopstock hatte den Anbruch dieses Ereignisses gar nicht erwarten können, hatte sich unduldsam gebärdet wie seit Kindertagen nicht, dieser Fahrt entgegengefiebert und jedes Wenden der Stundengläser förmlich herbeigesehnt.

Als Klopstock sich nun näherte, war Hirzel vor Freude außer sich. »Mein lieber Freund!«, begrüßte er den Dichter, wie es ihm vor allen anderen zukam. Hatte er doch schließlich mit seinem guten Klopstock bereits in dessen Heimat, auf Reisen, Bekanntschaft gemacht und Freundschaft geschlossen. Während die anderen ihm erst in den vergangenen Tagen oder überhaupt noch nie begegnet waren. Und schließlich war es zuallererst seine, Hirzels, Idee gewesen, Klopstock nach Zürich zu holen.

Klopstock schritt denn auch folglich zuvorderst auf ihn zu, ließ zuerst Hirzel eine herzliche Begrüßung zukommen und wandte sich dann sogleich an dessen Gattin. Eine Dame, der es wahrhaftig nicht schwerfallen sollte, ihre Reize, wie im Brief angedeutet, in vielfältiger Weise darzubieten, waren doch allein die äußerlichen schon augenfällig. Madame Hirzel war eine ganz unzweifelhaft schön zu nennende Frau mit leuchtend blondem Haar und einer herzerfrischend natürlichen Röte der Wangen. Klopstock ernannte sich in gebotener Galanterie zu ihrem ergebensten Diener und sprach ihr einige artige Komplimente aus – wobei er sich erlaubte, seinem Blick alle Freiheiten, auch des längeren Verweilens, zu gewähren.

Erst dann war er bereit, sich den anderen zuzuwenden. Welche seiner Begrüßung bereits entgegensahen, die Herren freudig, die Damen in gebotener Scheu.

Das waren sie also, die Mitreisenden der Seefahrt, die man allein ihm zu Ehren veranstaltete. Geradezu entzückend, wie sie alle dastanden und ihm ein freundliches Willkommen bereiteten, ihn mit Blicken hoher Erwartung und Bewunderung bestaunten, unverhohlen. Seine Augen strahlten, als er die Herren in Begleitung so schön – wenn auch mit gebotener Dezenz – herausgeputzter Damen sah. Die Finesse eines Festtagsstaats hatte sich verboten, die Kleider waren schlicht, doch in dieser Schlichtheit ganz entzückend. Allzu großer Nüchternheit hatten sie durch gerüschte und gefältelte Volants und Schleifen entgegenzuwirken verstanden. Den sommerlichen Verhältnissen angemessen, waren leichte Stoffe vorherrschend, Kattun zumeist, mitunter Musselin und Faille. Es war ein herrlicher Anblick: die Damen in ihren ausschwingenden Contouches, die Herren freilich in (für Klopstock) ein wenig altbackenen Rockschößen, welche der neuesten Mode in anderen Teilen Europas sichtlich nachhinkten. Auch fehlte es ihnen an Mut, sich herauszuputzen. Rahn, den Verfasser des Briefes, vielleicht ausgenommen, der durch eine gewisse zur Schau getragene Lässigkeit auffiel.

Anstatt sich ihnen der Reihe nach in persönlicher Begrüßung zu widmen, tat er, unter einigen ersten Worten des Willkommens und des Danks, einen Blick in die Runde, versuchte alle mit einem kurzen Moment der Beschau zu würdigen. Ließ seine Augen hierhin, dorthin wandern, um alle Anwesenden seiner Beachtung zu versichern, wie er es bei Reden und Vorträgen in Gesellschaft gelernt hatte und längst gewohnt war. Schenkte denen, die er in den zurückliegenden Tagen schon kennengelernt hatte, ein besonderes Lächeln als Zeichen des Wiedererkennens. Doch geriet dann, inmitten dieses Prozederes, ganz unvermittelt und sichtlich ins Stocken.

Grundgütiger! Der Anblick, der sich ihm so unverhofft bot, traf ihn wie ein Schlag.

Inmitten dieser kleinen Versammlung der angehenden Lustfahrer hatte er etwas entdeckt. Etwas ganz Aufreizendes.

Eine junge Frau!

Fast noch ein Mädchen …

Ein Mädchen mit dunklem Haar, das ihr seidig glänzend über die Schultern fiel, mit großen, dunklen

Augen, die ihn für einen kurzen Moment angeblickt und sich dann scheu zur Seite gewandt hatten. Wie sie dastand, den Kopf hob und mit einer sachten Bewegung ihr Haar zurückwarf, das ihr ein Stück weit ins Gesicht zu fallen drohte! Ein Gesicht mit solch fein geschnittenen Zügen, dass es ihm förmlich den Atem raubte.

Klopstock war augenblicklich hingerissen. Jedoch auf eine seltsame, eigentümlich innige Weise. Nicht in maßloser Verzückung, sondern in einer sonderbaren Berührtheit. Musste sich – ohne recht zu wissen, wie lange er eigentlich so dagestanden und gestarrt hatte – selbst aufrütteln, seine Fassung (zumindest augenfällig) wiederzuerlangen.

»Ein herrliches Bild«, schwärmte Hirzel, und während es Klopstock vorkam, als werde hiermit sein eigener Eindruck angesichts der jungen Dame souffliert, und er des Weiteren sogar für möglich hielt, die Bemerkung beziehe sich am Ende gar auf seinen Staat, den prächtigen roten Rock, hatte Hirzel den Blick bloß auf den weiten See unter einem tiefblauen, morgendlichen Himmel gerichtet.

»Perfekt!«, bekräftigte er.

Und es war in der Tat ein perfekter Tag. Ein perfekter Tag für eine Fahrt über den See. Hirzel spürte es erneut: Etwas Großes, etwas Denkwürdiges, Bleibendes stand im Begriff, ihnen zu begegnen. Das Schiff, die Gesellschaft junger Menschen, und dann, inmitten ihrer, er: Klopstock, der junge Poet, den selbst Koryphäen wie Bodmer als kommenden Dichterfürsten zu betrachten bereit waren. Er, Friedrich Gottlieb Klopstock, hier in Zürich, hier am See und dieser unter einem weiten, alles umspannenden Himmel. Das versprach, trefflich zu geraten, sein – Hirzels – Plan schien aufzugehen.

Und nichts war nun gebotener, als ihr Vorhaben anzugehen und sich an Bord des Schiffes zu begeben, das hier am Ufer auf sie wartete. So schickte er sich an, alles in Position zu bringen. Allen voran ihren Ehrengast.

Doch nun, als er sich ihm zuwandte, wurde er gewahr, dass dieser dastand wie erstarrt. Er wirkte geradezu erschrocken.

»Was ist Ihm?«, fragte Hirzel. »Ist Ihnen nicht wohl?«

Klopstock beeilte sich zu antworten, nachdem er einige Sekunden hatte verstreichen lassen. »Es ist nichts«, sagte er hastig. »Alles zum Besten.«

Hirzel fuhr jedoch fort, ihn zu betrachten, unentschlossen und voller Zweifel. »Man möchte glauben, Sie hätten einen Geist gesehen!«

Klopstock warf einen ebenso zweifelnden und ungläubigen Blick zurück. Denn genau das war es, was auch er selbst im Verhuschen eines Augenblicks für möglich gehalten hatte.

2

Als es geheißen hatte, Klopstock würde nach Zürich kommen, war die halbe Stadt in Aufruhr gewesen. Zumindest diejenigen ihrer Bewohner, welche die Bedeutung eines solchen Besuchs zu ermessen in der Lage waren.

Friedrich Gottlieb Klopstock war der Schöpfer des *Messias*.

Eines Versepos, das unter Dichtern und Gelehrten im deutschsprachigen Raum (und darüber hinaus) für Furore gesorgt hatte. Das eine Kontroverse heraufbeschwor, wie sie zuvor noch nie da gewesen war. Er galt als Verkünder einer neuen Poesie. Hatte ein jahrhundertealtes Kunstverständnis in den Grundfesten erschüttert. War mit einer Wortgewalt und sprachlichen Fertigkeit, einer Tiefe der Empfindung und einem Reichtum der Fantasie dahergekommen, die alles Gültige infrage stellten und eine Provokation waren für jene, denen Nüchternheit und Mäßigung in der Dichtung fraglos und unverzichtbar waren.

Er hatte das Wagnis unternommen, die Inhalte der Evangelien zum Gegenstand zu machen und sie künstlerisch zu überhöhen. Hatte in üppigen Bildern die himmlische Schöpfung geschildert. Und – zum Entsetzen seiner Gegner – mit welchem Erfolg!

So mit Worten umgehen zu können! Geist und Herz überfließen zu lassen in einem Maße, dass eine speisende Kraft nicht mehr recht vorstellbar war und sich den Ermittlungen des nüchternen Verstandes entzog. Als führten da überirdische Mächte die Hand. Dinge niederschreiben und festhalten zu können in einer Vollkommenheit, welche mühelos Brücken schlug zu den Altmeistern antiker Dichtkunst, sodass man sich nicht einmal verstieg, wenn man deren Größte und am meisten Gerühmte aufzählte. Ja, nicht einmal zögerte, ihn einen neuen Homer zu heißen.

Keine Frage, er war ein dichterisches Genie.

Und nun, da er kam, stellten sich allenthalben Fragen: Was für ein Mann war das? Würde man ihn sehen können und war man überhaupt in der Lage, ihm angemessen zu begegnen? Wie umgänglich würde er sein? Jedermann, der etwas auf sich hielt, machte sich Hoffnungen, den Poeten zu einem Empfang, einer Soirée oder gar einem Tanzvergnügen begrüßen zu dürfen. Jeder wollte ihn kennenlernen, jeder ihm etwas bieten. Jeder ein Stück von seinem Ruhm über die eigene Schwelle bringen. Ob er ein guter Gesellschafter war? Oder war er ernst und stand über den Dingen? Hans Caspar Hirzel, in seinen jungen Jahren bereits Doktor der Medizin mit Aussicht auf die Position des Zweiten Stadtarztes, hatte allgemein Hoffnung gemacht; Klopstock, sagte er, sei den schönen Dingen im Leben durchaus zugetan, habe Charme. Man erhoffte sich von ihm erbauliche Reden. Wollte ihn geistreich scherzen und tanzen sehen.

Der in Ehren schon leicht gealterte Bodmer, in dessen höchst angesehenem Hause er absteigen würde, hatte abgewiegelt. Ein Mann von Klopstocks Interessensphären werde wenig Neigung empfinden, sich faden gesellschaftlichen Verpflichtungen und billigen Vergnügungen hinzugeben. Er, Bodmer, unbestritten einer der großen gelehrten Köpfe Zürichs, war umherstolziert wie ein Pfau und hatte stattdessen für seinen Gast allerlei erbauliche Einsichten in die höheren gesellschaftlichen Angelegenheiten vorgesehen, in Architektur und Geschichte und die politischen Abläufe der Stadt. Hatte darüber gespottet, dass mancher sich in vage Planungen von Trinkgeselligkeit und Lustfahrten erging. Was glaube man, wer da komme?

Immerhin, Bodmer verstand etwas von seinem Metier. Er war gewiss in der Lage, ein besonderes Talent zu erkennen, darin hatte er sich schon mehr als einmal bewiesen. In Johann Jakob Bodmers Haus gingen die Dichter und Philosophen ein und aus, eine gelehrtere Adresse würde man in Zürich nicht finden. Es war ein Hort der Wissenschaft und der schönen Künste. Bodmer selbst hatte Klopstock nach Zürich eingeladen, freudig und gespannt wie ein Kind auf den Mann, von dem Hirzel so viel berichtet hatte. Denn schließlich war es Hirzel gewesen, der Klopstock während seiner Deutschlandreise in Leipzig kennengelernt und einen Besuch in der Schweiz als allererster ins Spiel gebracht hatte, er, nur ein Arzt und kein im Sinne des Wortes Schriftgelehrter, doch mit einem Sinn für Poesie und Sprachkunst ausgestattet, die auch ihn hatte erkennen lassen, welcher Stern da am Dichterhimmel aufging.

Die großtuerische Art, mit der (der eigentlich schüchterne und zurückhaltende) Bodmer die Reise in die Wege geleitet und durch finanzielle Vorleistungen letztlich möglich gemacht hatte, war Hirzel ein gewisses Ärgernis gewesen. Er hatte es nicht ausgesprochen, hatte sich jeden darauf zielenden Kommentars enthalten. Obwohl er Bodmer (seinem alten Lehrer) wohlgesonnen war, hatte es ihm folglich gutgetan, zu sehen, wie geringschätzig Klopstock dessen Offerten begegnete, ihn bei der Erkundung Zürichs zu begleiten und zu führen. Stattdessen hatte Klopstock vor allem ihn, Hirzel, mit überschäumender Freude begrüßt und sich bereitwillig wiederholt in seine Gesellschaft begeben. Damals in Leipzig hatten sie Freundschaft geschlossen, und wie sich nun erwies, eine Freundschaft von Bestand. Klopstock war ein Mann, der den Wert der Freundschaft bemessen konnte. Nicht umsonst hatte er sie in seinen bisherigen Dichtungen als eine Kraft beschrieben, die im Kanon der Tugenden einen besonderen Platz einnahm.

Klopstock hatte sich als geistreicher, vor Erlebnisdrang überschäumender, glänzender Gesellschafter erwiesen. Weniger überraschend für Hirzel, der ihn ja bereits kannte, doch überraschend für manchen Unbedarften, hatte er ein beinahe jungenhaftes Temperament an den Tag (und die Nacht) gelegt und sich im Gebaren seinem Alter von sechsundzwanzig Jahren nicht unbedingt entsprechend gezeigt. In der Tat ließ er oft die sprunghafte Impulsivität eines Jünglings erkennen. Vielleicht – Hirzel hatte es erleben können – ergriff in deutschen Landen der Ernst des Lebens nicht gar so früh von jungen Menschen Besitz. Zumal Klopstock das höchst seltene Glück hatte, sich über die tristen Gegebenheiten eines normalen beruflichen Daseins zu erheben, wie es etwa ein Handwerk gebot. Klopstock, als Dichter, als Mann der Künste, war in der glücklichen Situation, durch die Früchte des Genies und der Inspiration die Gunst wohlwollender Förderer erworben zu haben. Die vorfinanzierte Reise nach Zürich, der Aufenthalt in Bodmers Haus, die zahlreichen Einladungen waren lediglich das jüngste Beispiel. Hirzel erschien es nur verständlich, dass solch ein Mann von besonderen Gaben einem allgemeingültigen Verhaltenskodex nicht recht unterworfen war. Wie konnte man auch von einem, der die meisten an Talent und geistigen Fähigkeiten überragte, verlangen, dass er sich ganz gewöhnlich gebärdete wie diese?

Bodmer wirkte jedoch deutlich ernüchtert, nachdem sein Gast wenig Neigung gezeigt hatte, sich seiner väterlichen Führung zu überlassen. Zu Bodmers Verwunderung, ja, zu seinem Entsetzen hatte Klopstock sich freudig in die Gesellschaft Gleichaltriger begeben (Bodmer war immerhin über fünfzig und dem Gehabe nach eher noch älter) und seine Bereitschaft zu kleinen Feierlichkeiten und Vergnügungen unmissverständlich an den Tag gelegt. Im sittenstrengen Zürich hatte Klopstocks Benehmen durchaus Aufsehen erregt. Er hatte sich als sprühender, lebenslustiger Schöngeist erwiesen, der eine ganze Gesellschaft trefflich unterhalten konnte und seinen jugendlich-frühreifen Charme insbesondere an den Damen erprobte. Für deren geschlechtliche Vorzüge er zweifellos ein Auge hatte. Und er vermochte junge Damen ebenso wie reifere zu betören. Ja, dieser

Klopstock hatte die seltene Gabe, allen Frauen zu gefallen. Das war erstaunlich insofern, als er zwar von kräftiger Statur, jedoch nicht sehr groß und nicht einmal ansehnlich zu nennen war. Umso mehr hätte man ihn beneiden müssen, doch – ganz passend – wollte sich solcher Neid nicht einstellen, der Erfolg war ihm gegönnt. So waren ihm auch die Herren nie recht böse. Es schien, dass man ihm leicht verzieh, was man anderen vorzuwerfen bereit war.

Hirzel hatte mehr als einmal still darüber nachgesonnen, woran das eigentlich lag, dass man so wenig geneigt war, an Klopstocks Gebaren ernsthaft Anstoß zu nehmen, wie es doch eigentlich zu erwarten gewesen wäre. Doch war bislang nur hier und da, besonders unter den an Jahren reiferen Betrachtern, ein Kopfschütteln zu beobachten, als könne man nichts anderes erwarten von einem, der von so weit her kam, zumal aus einem Land und einem Teil der Welt, wo die sittlichen Gepflogenheiten bereits ein gewisses Maß an Verfall erkennen und die gebotene Strenge jedenfalls vermissen ließen.

Und nun war er da, der große Tag ihrer Zürichseefahrt! Gottlob hatte niemand Verdacht geschöpft, ihre kleine Komödie konnte wie – in aller Heimlichkeit – geplant ihren Lauf nehmen. Jetzt, da es endlich losging, war Hirzel unsagbar erleichtert. Mit kindlichem Stolz betrachtete er, wie sich zum Aufbruch vereinbarungsgemäß die Damen zu ihren Begleitern gesellten, manche in reizender Unbeholfenheit und Schüchternheit, einige sogar sichtlich errötend. Klopstock hatte das Beispiel gegeben, indem er seiner, Hirzels, Gattin, der Gefährtin und Herzensdame für einen Tag, in vollendeter

Manier die Hand geküsst und ihren Aufzug gebührend bewundert hatte.

Noch am Vortag hatte Rahn gegenüber Hirzel Zweifel angemeldet: ob es nicht doch ein wenig zu gewagt sei, eine solche Unternehmung durchzuführen, ob man die Zürcher Gesellschaft derart nicht unwillkürlich brüskiere.

Harmlos, hatte Hirzel abgewiegelt. Völlig harmlos. Eine spaßhafte Tändelei. Rahn glaube doch nicht etwa, dass er, Hirzel, seine Gattin Klopstock ernsthaft zu jedweder Art despektierlicher Annäherung überlasse. Oder dass die Zuordnung seines Bruders Salomon mit der geschätzten Gattin Werdmüllers auch nur im Entferntesten dazu angetan sei, eine Grenze der Schicklichkeit zu überschreiten. Und er, Rahn, wolle doch wohl seiner Begleiterin, der noch kaum erwachsen zu nennenden jungen Schwester von Schinz, nichts anderes sein als ein galanter Gesellschafter?

Zweifellos, hatte Rahn bestätigt, das stehe völlig außer Frage. Wie allerdings die Zürcher Gesellschaft das betrachte, das sei eine ganz andere Sache.

Deshalb, hatte Hirzel erwidert, breche man ja wohlweislich bereits in aller Herrgottsfrühe auf, wenn in der Stadt noch kaum jemand auf den Beinen sei. Und kehre aller Voraussicht nach erst in der Nacht zurück. Das sei alles wohl durchdacht, da komme nichts von ungefähr. Und wie er wisse, habe man eigens Madame von Muralt zur Begleiterin Werdmüllers bestimmt, eine achtbare, reifere Dame von Stand. Was dem Unternehmen doch wohl jeden Anflug von Unschicklichkeit nehmen müsse, derart würden alle Vorbehalte im Keim erstickt.

Hirzel wollte es jedenfalls hoffen. Hoffen, dass dies genügte, den in leichtfertigem Eifer gezimmerten Rahmen ihres Vorhabens zu rechtfertigen.

Und dass es an diesem Tag niemand gar zu toll trieb.

3

In der Tat, es war ein fragwürdiges Unternehmen, Hirzel wusste das wohl. Entstanden war es aus einer Laune heraus. Man wollte für Klopstock, den hohen Besucher, der bereits eine ganze Gruppe von Freunden zusammengeschmiedet hatte, eine Lustfahrt veranstalten. Neun Männer aus dem Freundeskreis waren dazu ausersehen, und jedem sollte eine charmante Begleiterin zur Seite stehen. Genau erinnerte sich Hirzel nicht mehr, aber die Idee war wohl entstanden, weil nicht alle der auserkorenen Herren eine solche Begleiterin zur Verfügung hatten. Jedenfalls keine, die ihnen natürlicherweise, durch Verheiratung oder Verlobung zugehörig war, am wenigsten Klopstock, der Gast selbst. Ihm, Hirzel, bot sich, ebenso wie Salomon Wolf, die Gattin zur Gesellschaft an, andere Herren jedoch waren noch unverheiratet, und sofern sie bereits den Ehestand anstrebten, war es den strengen Maßregeln der Zürcher Gesellschaft nicht ohne Weiteres angemessen, ihre Bräute oder Umworbenen zu solch einem lange währenden Vergnügen zu entführen. Ursprünglich war es jedoch vor allem Klopstocks Ungebundenheit, die zu dem Gedankenspiel geführt hatte, eine Gesellschaft bunt zu mischen. Übermütig hatte Hirzel ihm seine Gattin als Gesellschafterin für diesen Tag zugedacht. Der Einwand, dass dann wiederum er selbst ohne Begleitung dastünde, hatte zu einem Übrigen geführt. Einer der Herren hatte getönt, man werde schon einen passenden Ersatz finden. Auf die Teilnahme dessen, der zu allem den Anstoß gegeben habe, sei schließlich keinesfalls zu verzichten.

So hatte sich eins zum anderen gefügt. Der stille Schinz sagte, er könne seine Schwester mitbringen, und so zogen auch andere die Damen aus dem Familien- und Bekanntenkreis in Betracht. Cousinen, Schwägerinnen, gar Nichten und Schülerinnen (für Wolf) kamen in die Auswahl, eifrig wurden auf diese Weise Paare geschmiedet. Alle waren beschwingt von der verblüffenden Idee, es hatte eine Stimmung geherrscht wie unter Studenten, die einen Streich ausheckten. Was für ein Abenteuer! Welch ein Ausbruch aus dem ewigen Einerlei der Verlustigungen, die letztlich diesen Namen nicht verdienten: sonntägliche Spaziergänge, kleine Bootsausflüge, Wanderungen, meist in reiner Herrenrunde. Gesellschaften und Empfänge, bei denen man sich vor allem langweilte. Und nun dieser Plan, entstanden aus dem Geist, den der Dichter mit seinem ganz natürlich daherkommenden Hang zur Vergnüglichkeit hatte entstehen lassen. Wie ein frischer Wind war er in Zürich erschienen. In seiner Gesellschaft fühlte man sich belebt, beschwingt, zu allerlei Tollheiten in der Lage.

Wie alt wir schon waren, dachte Hirzel bei sich, und haben es gar nicht gemerkt. Dass wir unsere Jugend zu Grabe getragen haben, noch ehe sie überhaupt recht Blüten zu treiben kam.

Freilich, am folgenden Tag war manchem von ihnen aufgegangen, wie zweifelhaft dieses Unternehmen daherkam. So wie oft am Tage nach einer weinseligen Geselligkeit hinter Mauern die Dinge im alltäglichen Licht viel unaufgeregter betrachtet werden. Und dennoch hatte der Schwung der ersten Euphorie genügt, jede Nüchternheit der Erörterung zu durchdringen und den Plan am Leben zu erhalten. Nicht zuletzt spielte auch das eine Rolle: dass man es Klopstock angekündigt, regelrecht versprochen hatte, und wie hätte man dagestanden, hätte man das Vorhaben nun doch wieder infrage gestellt.

Schinz hatte zu Hause ein wenig beschönigend den Ausflug als Exkursion zum Zwecke des Naturerlebnisses dargestellt und nicht wenig auf die Rolle Klopstocks verwiesen, dessen Anwesenheit allein den untadeligen Charakter der Veranstaltung garantieren musste, zumal seine Neigung zu feuchtfröhlicher Zerstreuung in Gesellschaft von Damen (noch) nicht sehr weit bis in die Kreise der älteren Generationen vorgedrungen war. Auch die Bereitschaft seiner Schwester und ihr Drängen auf Teilnahme hatten das Ihrige bewirkt. Noch zu jung, um an den Tafelrunden im Kreis der Gleichaltrigen Klopstocks teilzunehmen, fand sie hier die unverhoffte und vermutlich einzige Gelegenheit, dem gerühmten Verfasser der *Messias*-Gesänge zu begegnen. Die Details der Zusammenstellung wurden natürlich im Vorhinein nicht weithin bekannt gemacht, und so bekam das Ganze – eigentlich unwillkürlich – den Charakter einer Verschwörung. Einmal in Gang gesetzt, würde die Sache ihren Lauf nehmen, und hatte man Zürich erst hinter sich gelassen, gäbe es auch keine Instanz mehr, sie zu vereiteln.

Es gab kaum ein größeres Schiff auf dem See als das, welches sie für ihren Zweck auserkoren hatten. Finanzielle Aufwendungen waren nicht die Frage, die meisten aus ihrem Kreis nahmen im städtischen Leben ihren Rang ein und verfügten über ausreichende Geldmittel. Ohnehin musste, was als Lohn für die Dienste der Schiffsleute aufzubringen war, niemanden in Unkosten stürzen, sie erhielten das ihrem bescheiden zu nennenden Berufsstand Entsprechende. Klopstock, den Gast, würde man mit derlei Angelegenheiten natürlich nicht behelligen, das verbot sich. Es galt allein, ihm in jeder Beziehung einen würdigen Rahmen zu bieten. Und in der Tat machte das Gefährt auf diesen den erhofften Eindruck, als es mit gerefftem Segel die Ausflügler erwartete. Achtzehn Mitreisende hatten dort reichlich Platz. Die Männer an Bord, der Schiffsführer und einige wenige Handlanger, grüßten so herzlich, wie es den – in Klopstocks Augen – deutlich zur Bedächtigkeit neigenden Bewohnern dieses Landstrichs nur möglich war, und winkten ihre Passagiere heran. Jeder der Herren führte also die ihm zugeteilte Dame an Bord. Natürlich ließ man Klopstock (mit Anna Maria Hirzel) den Vortritt, dann folgten die anderen in buntem Durcheinander. So von Nahem betrachtet, waren dabei manche Paarungen brisant, andere seltsam geglückt, wieder andere fraglich, gar unfreiwillig komisch. Einige der Paare schienen wie füreinander geschaffen, während andere eher erzwungen wirkten. Der etwas steife Salomon Wolf, Herausgeber des »Neuen Eidgenossen«, wirkte an der Seite der jungen und mädchenhaften Anna Keller, die eine seiner Schülerinnen und Bewunderer war, geradezu väterlich; zwischen dem nicht minder steifen Johann Heinrich Schinz und seiner Begleiterin Anna Maria Wolf, Salomons Frau, schienen mehr als nur wenige Jahre zu liegen. Wobei er, wohlgemerkt, der Jüngere war. Es sah eher danach aus, als geleite er eine ältere Schwester. Salomon Hirzel, der jüngere Bruder von Hans Caspar Hirzel, und die sehr anmutige Anna Magdalena Werdmüller machten ein erstaunlich gefälliges Paar, während ihr Gatte, der schlaksige Johann Werdmüller, neben der als »Anstandsdame« auserkorenen, um fünfundzwanzig Jahre älteren Margaretha von Muralt doch sehr deplatziert erschien. Fatal, dass sie, die man – freilich nur in Gedanken – korpulent und matronenhaft nennen musste, neben ihm beinahe großmütterlich daherkam. Hartmann Rahn, zwölf Jahre älter als die kleine, erst siebzehnjährige Anna Maria Schinz, war sich offenbar noch uneins, wie er ihr begegnen sollte, seine Galanterie wirkte etwas erzwungen und ansatzweise großbrüderlich. Johann Heinrich Schinz der Jüngere (es gab in der Runde tatsächlich zwei Männer gleichen Namens), der Bruder der kleinen Schinz, führte freudig eine erfrischend temperamentvolle jugendliche Dame in einem blassblauen Kleid. Hans Caspar Hirzel hatte man ein zierliches, wenn auch etwas blasses junges Ding zugeteilt, das vor Respekt und Furchtsamkeit noch ganz steif war. Hans Caspar Keller ging mit einem Hirzel ebenfalls noch nicht näher bekannten Mädchen, einer graziösen und sehr von sich überzeugt wirkenden jungen Dame. Abgesehen von Salomon Wolf, der bereits Mitte dreißig zählte, waren die Männer allesamt Mitt- oder Endzwanziger, bei den Damen war das Alter breiter gefächert, einige konnte man besten Gewissens noch als Mädchen bezeichnen; Anna Maria Wolf war nach den Mittzwanzigern die Älteste, mit einunddreißig, wenn man von der ehrwürdigen Matrone einmal absah, die nicht zuletzt in leichter Kurzatmigkeit und Neigung zu verstärktem Schwitzen ihr deutlich höher anzusetzendes Alter verriet.

Schon eine merkwürdige Gesellschaft, dachte Hirzel, als er sie an diesem Morgen betrachtete, wie sie aufgeregt in noch spürbarer Verhaltenheit auf dem Schiff ihre Plätze einnahmen. Klopstock an Annas, seiner Gattin, Seite wirkte fürstlich. Sie, blond und strahlend in einem Stadium nachklingender Jugend und doch (als junge Mutter) von bereits augenfälliger Reife, fügte sich prächtig in die Rolle der *première dame*. Als er dies alles so betrachtete, den See, die Stadt, wie sie sich am Ufer in südöstlicher Richtung hinzog, das Schiff und die Menschen und dahinter, darüber den strahlenden Himmel, hatte er ein weiteres Mal dieses Gefühl: etwas Besonderes zu erleben. Etwas, was lange nachwirken, von dem man noch lange sprechen würde. Welche Aufregung die ganze Unternehmung noch verursachen mochte, war nur zu ahnen; es konnte keinen Zweifel geben, dass eine solche entstünde, wenn die Details der Konstellation, der näheren Umstände bekannt würden, und der Anwesenheit der geschätzten von Muralt zum Trotz würde man sich die Mäuler zerreißen. Gar nicht auszuschließen, dass die Teilnahme an einer solchen Aktion den eigenen Ruf beschädigte. Es war aufregend, vorgezeichnete Bahnen der Wohlanständigkeit zu verlassen, die Gesetze der Sittenstrenge zu verletzen. Doch was an diesem Morgen in der Luft lag, war von weit größerer Tragweite. Als hätte diese letztlich doch kleine Unternehmung eine besondere Aufmerksamkeit. Als widme sich eine überirdische Macht an diesem Tag ihnen, ganz besonders ihnen, als sei auf unergründliche Weise bedeutsam, was doch nicht mehr sein sollte als eine sommerliche Lustfahrt. Das Vorhaben dieses Tages, aufregend, spektakulär, jedoch scheinbar so vorübergehend und nur eine begrenzte Episode, würde vieles, für manche alles verändern.

Bei Anbruch des Tages ahnte niemand etwas davon: dass dieser Tag in der Erinnerung der meisten einen geradezu königlichen Stellenwert erhalten sollte, dass so mancher ihn in der Rückschau auf viele Jahre und Jahrzehnte tatsächlich als einen der glücklichsten ansehen würde. Und dass einige von ihnen daran noch in ihrer Todesstunde denken und ihn in lange verinnerlichtem Glanz vor sich sehen würden wie ein verlorenes Land ihrer Jugend.

4

Es war erst gegen fünf Uhr morgens, doch die Sonne, die noch kaum über dem Horizont stand, hatte bereits Kraft. Obwohl das nächtliche Gewitter die schwüle Luft leidlich abgekühlt hatte, stand noch ein Rest der Hitze des vorigen Tages über der Stadt. Seit langer Zeit hatte man solch anhaltende Hitze nicht gekannt, manche Teile des Kontinents hatten unter einer regelrechten Dürre gelitten.

Schon der Winter war trocken und schneearm gewesen, am Rhein waren in seinem Verlauf die niedrigsten Wasserstände seit Menschengedenken gemessen worden, im fernen Köln waren gar die Überreste von Pfeilern einer alten Römerbrücke unverhofft zutage getreten. Statt der von den Landwirten sehnlichst erhofften Regenmengen hatte es im Frühjahr nur einiges Unwetter mit Hagelschlag gegeben, nun herrschte seit Wochen ein Sommer, wie er im Buche stand. Und der anbrechende Tag versprach der bisher schönste von allen zu werden.

Die Stadt hinter sich scheinbar davontreiben zu sehen war herrlich. Der See, spiegelglatt, von einem sachten, stetigen Wind kaum gekräuselt, wirkte einladend. Sein

Wasser schimmerte hellgrün, beinahe türkis, pastellfarben im noch sehr schräg einfallenden Licht. Die Sonne entstieg einem leichten Dunst, der über dem Land und der Stadt zu hängen schien, über ihnen war der Himmel klar und ungetrübt blau. Die Stimmung und die Nuancen der Farben einzufangen wäre für einen Maler eine Herausforderung gewesen, zumal die Verhältnisse in einem schnellen Wechsel begriffen waren.

»Was für ein Morgen!«, entfuhr es Werdmüller beim Blick über das Wasser und die fern noch im Dunst verschwimmende Silhouette der Berge. Werdmüller, der sich sogleich erneut anstrengte, sich bei seiner schon ältlichen Begleiterin nach der Bequemlichkeit ihrer Sitzposition zu erkundigen. Man hatte auf den Bänken Platz genommen, doch wandten sich die Köpfe noch in neugieriger Beschau der Umgebung, dann und wann stand sogar auf, wer bereits gesessen hatte, um einen umfassenden Rundblick zu unternehmen und seiner Begeisterung Ausdruck zu verleihen. Das ergab insgesamt ein recht albernes, immer wiederkehrendes beziehungsweise fortdauerndes Lobpreisen des anbrechenden Tages, der idealen Witterungsbedingungen, der Kulisse und des offensichtlichen Gelingens der ganzen Unternehmung schon in der ersten Stunde.

Zu ihrer Rechten ragte der Uetliberg auf, eine lang gezogene, eigentlich wenig spektakuläre Erhebung; man versicherte Klopstock, dieser sei herrlich durch Erwanderung zu besteigen und biete einen prächtigen Rundblick.

»Nun, mein lieber Klopstock, was halten Sie von alldem?«, fragte Hirzel ganz überflüssigerweise, es wurde gerade jetzt, zu Anfang, viel belangloses Zeug geredet, wie es in der Natur eines solchen Anlasses liegt.

»Ich bin sprachlos!«, versicherte dieser, ließ sich dann aber lang und breit über die Schönheit und besondere Eindrücklichkeit allen sinnlichen Erlebens aus, in einer Wortgewalt, die speziell die Damen entzückte. Sprach vom »Zauber der stillen Betrachtung« und von einem »Durst der Seele nach Harmonie«, die mit den Farben und Formen des Natürlichen ebenso – wenn nicht besser – zu stillen sei wie durch die Schöpfungen des menschlichen Geistes.

So trieb das Schiff hinaus auf den See, die stetige, wenn auch kaum spürbare Brise genügte, um das Segel zu blähen und ein gutes Fortkommen zu ermöglichen.

Die Schiffer schwatzten ein paar Worte mit Hirzel, Wolf und dem einen oder anderen, wobei sie tunlichst vermieden, sich ausdrücklich an die Damen zu wenden, und Keller wies freudig auf diese oder jene Stelle an den fern liegenden Ufern, wo er frühzeitig Dörfer und Landhäuser ausmachte und benannte, wohl um an seiner besonderen Kenntnis der Örtlichkeiten keinerlei Zweifel zu lassen, in einem Idiom, das in der spontanen Begeisterung sehr ortsgebunden ausfiel.

Klopstock hatte sich an die Art, wie hier gesprochen wurde, erst gewöhnen müssen. Ein Prozess, der noch fortdauerte. Kaum zu verstehen, was die untereinander redeten. Furchtbares Kauderwelsch. Aber hübsch, wenn sie sich mühten, Allgemeindeutsch zu sprechen. Dann klang es ganz reizend, besonders bei den Frauenzimmern. Damen, die sich in einer Sprache versuchten, die sie nicht recht beherrschten, dafür hatte Klopstock eine ausgeprägte Schwäche. Er liebte diese Akzente und allenthalben diese kleinen Fehler und Unbeholfenheiten. Es war geradezu aufregend, wenn Französinnen sich im Deutschen versuchten, und auch die slawischen Varianten waren einfach entzückend. Für einige der Damen (ebenso wie Herren) vor Ort schien das gewählte Deutsche beinahe eine Fremdsprache zu sein, so sehr mussten sie sich in gemessenem Tempo damit abmühen. Auch klang die Sprache, selbst wenn sie dem Allgemeindeutschen nahekam, seltsam verdreht in Betonung und einigen eigenwilligen Elementen. Manchmal überraschten die verwendeten Artikel oder der Gebrauch einiger Verben. Hier »hatte« es noch Wein im Krug, man »war« beieinandergesessen. Das klang wunderbar welsch, beinahe exotisch. Manchmal freilich verstand Klopstock nichts, wenn besonders die Männer im Eifer von Weinrunden und Trinksprüchen in ihr Idiom zurückfielen, so manchen Witz und manches Bonmot musste man ihm im Nachhinein erklären. Was wiederum die Gesellschaft der Zürcher enorm entzückte.

Auf Dauer hier leben zu können blieb allerdings kaum vorstellbar. Dieser Erkenntnis konnte sich Klopstock nicht erwehren. Schon jetzt sehnte er sich (bei aller Begeisterung) danach, Menschen wieder artig sprechen zu hören. An einem der zurückliegenden Tage in Zürich war er, halb in nachmittäglichem Schlummer, hingestreckt auf sein Bett, auf eine absurde Idee gekommen: es gäbe eine Art »Fernsprecher«, Tuben nach Art eines Hörrohrs, in die man über weite Entfernungen mit anderen kommunizieren – und artiges Deutsch hören – könnte. In einer Stimmung kindlicher Albernheit, vom verfrüht genossenen Wein etwas zu arg berauscht, hatte er sich vorgestellt, wie sich im Untergrund des Kontinents Röhren dahinschlängelten. In Magdeburg hatte er solches im Hause eines adligen Offiziers erlebt. Dort gab es die Möglichkeit, sich mit den Bediensteten mittels Rohren zwischen den Etagen zu verständigen. Ja, so etwas: eine Sprechrohrleitung nach Hause. Diese Vorstellung hatte ihn im Wiedereinschlummern zum Kichern gebracht.

Aber natürlich war das Unsinn. Nie und nimmer würde es je eine derartige Kommunikation über Distanzen hinweg geben können.

Auch an diesem Tag konnte er nicht allen Äußerungen gänzlich folgen, wusste aber zumindest, worum es ging, und gemahnte die Mitreisenden allein durch seine Anwesenheit, wenn nicht spätestens durch Einwürfe, dass es Rücksicht zu nehmen und sich um eine allgemein verständlichere Sprache zu bemühen gelte. Auch befand er vieles des Geäußerten, wenn er den Sinn ungefähr erfasste, für nicht wichtig genug, großes Nachfragen anzustrengen. Allenthalben erging man sich doch eher in Belanglosigkeiten. Wie er erfahren hatte, waren auch wenige der hier Beteiligten je über die Stadt Zürich und die umliegenden Landstriche hinausgekommen. Einem Mann wie Hirzel merkte man folglich seine durch Reisen (und eine gewisse Belesenheit) erworbene weiter reichende Sicht der Dinge an. Es waren Momente wie diese, da Klopstock begriff, welche Vorzüge ihm sein Stand als *poeta laureatus* gewährte. Nicht nur ein respektables Maß an Bildung wirkte sich zu seinen Gunsten aus, sondern auch sein in der Dichtkunst bereits erworbener Ruhm, der ihn in die Lage versetzt hatte, zu reisen und auf diesem Wege interessanten und mitunter nicht unbedeutenden Zeitgenossen zu begegnen. Und vom geistigen Austausch mit denselben gehörig zu profitieren. Er war sich dieser Sprachgewandtheit nicht ständig bewusst, doch wurde sie ihm gerade in Umgebungen wie diesen deutlich vor Augen geführt. Und es wäre ja auch verwunderlich gewesen, wenn zwischen einem feingebildeten, gelehrt zu nennenden Mann wie Johann Jakob Bodmer und einer braven, wenn auch recht gut geschulten Kaufmannsseele wie Johann Werdmüller nicht ein merklicher Unterschied bestanden hätte, sosehr sich auch dieser anschickte, den Wissenschaften und Künsten in Zürich eine besondere Geltung zu verschaffen, nicht zuletzt durch sein Wirken in der erst jüngst begründeten Naturforschenden Gesellschaft.

Eine gewisse Befangenheit Klopstocks in dieser ersten Stunde der Fahrt konnte einem aufmerksamen Beobachter kaum entgehen. Hirzel hatte die Veränderung seiner Stimmung ja bereits bemerkt, als man sich erst anschickte, das Schiff zu besteigen. Klopstock, eben noch vergnügt und von strahlender Unbeschwertheit, hatte plötzlich etwas wie Bestürzung erkennen lassen. Hirzel war zu der Überzeugung gelangt, dass dafür recht eindeutig eine der Damen verantwortlich war. Nicht jedoch die Klopstock zugeteilte Begleiterin, nämlich seine, Hirzels, Gattin Anna, sondern eines der Mädchen gleichen Vornamens, die Schwester des Kaufmanns Schinz, Anna Maria, blutjung, erst siebzehn, mit letzten, nun gänzlich im Verschwinden begriffenen Zügen von Kindlichkeit.

Auffallend war diese, keine Frage, eine angenehme, augenfällige Erscheinung mit einem hübschen Gesicht von vornehmer Blässe und großen, geheimnisvoll wirkenden Augen, von gleicher dunkler Färbung wie ihr langes, seidig glänzendes Haar. Wie man es den sehr Jungen und Unverheirateten noch zugestand, trug sie dieses als eine der wenigen Damen dieser Gesellschaft offen. Was ihre Mädchenhaftigkeit auf eine subtile Art unterstrich, ihr gleichzeitig jedoch einen Anflug von verführerischer Wirkung und somit einen besonderen Reiz verlieh. Vor allem der Ausdruck der dunklen Augen war von einer unwillkürlich bezirzenden Natur, man konnte nicht anders als den Blick auf ihr ruhen zu lassen, um die Erscheinung in ihrer Ganzheit zu erfassen. Ihre schlanke Gestalt und ihre schon wohl ausgebildete Weiblichkeit fielen Klopstock ganz offenbar ins Auge, auf eine Art jedoch, die das gewöhnliche Maß einer ersten interessierten Betrachtung deutlich überstieg. Beinahe wirkte es, als erkenne er in ihr jemanden, der ihm aus anderer Umgebung und einer zurückliegenden Zeit vertraut sei. Für Sekunden war der Dichter nicht in der Lage gewesen, eine besondere Berührtheit zu verbergen.

Klopstock – aber das wusste nur er selbst – hatte aus seiner spontanen Bewunderung gar keinen Hehl machen wollen, er bemühte sich eigentlich nie, einen Hehl daraus zu machen, wenn ihm eine Frau gefiel. Es gab ein Maß der Offenheit, das entwaffnend war und an dem niemand Anstoß nehmen wollte. Er hatte die Erfahrung gemacht, dass man ihm (auch darin lag ein Vorzug seiner Stellung) eine zur Schau getragene Galanterie gerne zuzugestehen bereit war, Künstler konnten sich erlauben, was braven Kaufleuten und Schreibern als übles Benehmen angekreidet worden wäre. Im Übrigen war das Galantieren eine Kunst, welche Übung erforderte, man konnte sich, sofern man eine gewisse Begabung mitbrachte, darin schulen und schnell lernen, wo man Grenzen der Schicklichkeit überschritt. Poeten lebten in höheren geistigen Sphären, das wurde sozusagen als gegeben vorausgesetzt. Dass sie Damen in Versen priesen, gehörte nachgerade zum Handwerk (das ja auch die Dichtkunst im eigentlichen Sinne darstellte). Ja, es wurde geradezu erwartet, dass der zur höheren Poesie Berufene sich Damen gegenüber charmant zeigte. Eine gute Portion Finesse gehörte dazu, das Metier beherrschte nicht jedermann, der Verse schmiedete, aber Klopstock beherrschte es, zweifelsfrei. Selbst Gatten und Begleiter fühlten sich gewöhnlich geschmeichelt, kam diese offen bekundete Wertschätzung eines so bedeutenden Mannes indirekt doch auch ihnen zu. Selbstverständlich musste der Dichter gegenüber verheirateten Damen eines gewissen Standes eine andere, feiner nuancierte Haltung einnehmen als gegenüber erst erblühenden Mädchen. Kein Zweifel, Klopstock, der Dichter, erhob dieses junge Ding mit seiner Gunst ungemein und kitzelte – gewiss auch spielerisch – ihre Eitelkeit, das stand ihm zu.

Doch war er in der Tat mehr als im gewöhnlichen Sinne fasziniert gewesen vom Anblick des Mädchens. So hatte ihn noch selten ein unverhoffter Anblick gefangen genommen. Das Herz hatte ihm bis zum Hals geklopft, er musste fürchten, augenblicklich errötet zu sein, es hatte sich so angefühlt. Eine Welle von Heiß und Kalt war ihm durch den Körper gefahren. Es war, als setze der Blick dieser dunklen Augen in ihm einen verborgenen Mechanismus in Gang. Weiß Gott, die Ansicht schöner Frauen hatte ihn mehr als einmal fasziniert, aber dies hier … Unerhört jung war dieses Mädchen, in der ersten Verwirrung schätzte er sie auf vielleicht fünfzehn Jahre. Mädchen dieses Alters hatten im günstigen Fall einen sehr eigentümlichen Charme. Dieses hatte einen ernsten, tiefsinnigen Blick, leicht ausgeprägte Wangenknochen und einen kleinen Mund mit vollen Lippen. Sie sah jung aus, doch etwas in den Linien ihres Gesichts ließ auf die Physiognomie einer reiferen Frau schließen, so als spiegelten sich in ihren Zügen sehr stark diejenigen ihrer Mutter, als sei sie eine junge Ausgabe derselben, und es war seltsam, an so etwas denken zu müssen, ohne die Mutter je gesehen zu haben. So musste es ein blinder Verdacht bleiben, der sich in seiner Unmittelbarkeit doch als wahrscheinlich aufdrängte. Der Blick dieser Augen hatte Reife und Weisheit, wie eine Imitation, wie die Anpassung eines Tieres, das durch Färbung und Zeichnung größer und gefährlicher erscheinen und damit einem anderen, gefährlicheren gleichen will. Das Gesicht spiegelte Weisheit, wo diese unmöglich bereits sein konnte. Einen Ernst, der dem Alter nicht angemessen war. Erst wenn sie lächelte, bekam es etwas wirklich Jugendliches, beinahe noch Kindliches. Wobei der Betrachter erst nach Sekunden mit Verwunderung begriff, dass ein Lächeln in dem Sinne gar nicht stattgefunden und sich allein in den Augen abgespielt hatte.

Lächelnde Augen waren eine wunderbare göttliche Schöpfung.

Kaum war man aufs Schiff gelangt, suchte Klopstock schon ihre Nähe und brachte auf diese Weise Rahn, ihren Begleiter für die Fahrt, in die Rolle des Vermittlers.

»Darf ich vorstellen«, sagte dieser beflissen, »Mademoiselle Schinz.«

Das war also die kleine Schinz, die Schwester des jungen Kaufmanns, der sich für englische Literatur begeisterte und diese flüssig lesen konnte. Demnach musste sie, wenn er sich recht an die entsprechende Erwähnung erinnerte, bereits siebzehn sein. *Bereits* siebzehn, weil er sie zuvor für noch jünger erachtet hatte.

»Enchanté, Mademoiselle«, brachte Klopstock mit leicht brüchiger Stimme hervor und deutete ihr den Handkuss an. Es sollte eher scherzhaft daherkommen. Und wie erstaunt war er, als sie ihn – ganz adäquat scherzhaft – in perfektem Französisch fragte, ob er sich wohl befinde.

Während dieses kurzen Wortwechsels schaute er ihr tief in die Augen, sodass sie sich genötigt sah, den eigenen Blick in gebotenem Anstand niederzuschlagen.

Von diesem Moment an verspürte Klopstock den Wunsch, diese Begegnung zu vertiefen, ein Spiel, das subtil und eigentlich noch kaum erkennbar bereits begonnen hatte, fortzuführen. Die Begegnung mit Damen hatte etwas unerhört Reizvolles, eben weil sie ja vordergründig und vor allem spielerisch geschah – unmöglich, mit allen noch so faszinierenden Bekanntschaften eine ernsthafte Liaison zu beginnen. Doch wenigstens vorfühlen, die ersten Schritte kunstvoll ausführen und einen Anfang schaffen für etwas, dessen weiterer Verlauf sich ausmalen ließ, ein Gedankenspiel, Kapriole in einem geistigen Schmuckkästchen. Tändeln hatte man das in alter Zeit genannt, und es war eine Kunst, die unvergleichliches Vergnügen bereitete, ein Heranwagen, ein Erforschen, ein Einhalten von Grenzen, ein der Jagd vergleichbares Verfahren sicherlich auch, dem Männer ihrem ganzen Wesen nach folgten – und auch kaum anders konnten.

Während das Schiff also Fahrt aufnahm, plauderte und scherzte man in alle Richtungen, streckte seine Fühler aus, um die Beschaffenheiten zu erkunden: des Tages, der willkürlich-zufällig nur für diesmal zusammengewürfelten Gesellschaft, der ganzen Unternehmung. Man beschnupperte sich, begann zaghaft und noch täppisch eine Rolle in diesem Spiel zu finden, das einer Inszenierung glich, dem Geschehen auf der Bühne, wo ein Stück sich mit einem einleitenden Bild zu vollziehen begann. Klopstock hatte jeden neuen Tag als solch ein Schauspiel zu begreifen gelernt, das einmal mehr und ein andermal weniger zur Zufriedenheit geriet. Und dieses versprach vortrefflich zu werden. Die teilnehmenden Herren waren zunächst bemüht, sich ihren Begleiterinnen zuzuwenden, denen sie schließlich ausdrücklich für den ganzen Tag zugeteilt waren. Wo nicht bereits eine gewisse Vertrautheit herrschte, galt es Barrieren der Fremdheit zu überwinden. In jedem Fall war die Situation eine ungewohnte und sorgte allerseits für Befangenheit. Dass man einander spielerisch zugeordnet war und zuweilen gar sozusagen stellvertretend die Rolle eines Gatten einnahm, schuf zunächst ein Befinden des Unwohlseins, man fand sich regelrecht am falschen Platz. Was denen sichtlich schwerer fiel, deren

Gatte in anderer Zuordnung zugegen war. Salomon Hirzel, im Befleißigen um Konversation mit Werdmüllers Frau Anna, wirkte bemüht und etwas unbeholfen. Auch der Theologe Schinz (im Unterschied zum Kaufmann Schinz, dem Bruder der kleinen Schinz) saß eher verkrampft neben Anna, der Gattin von Salomon Wolf. Dieser wiederum ließ anfänglich im Bemühen um seine viel jüngere Begleiterin geradezu ein schlechtes Gewissen erkennen.

Doch auch über diese Paarungen hinaus begann man sich allmählich zu beäugen; wo Damen und Herren sich untereinander kannten, wurden Bemerkungen und Kommentare ausgetauscht und – noch ein wenig zaghaft – über Köpfe hinweg gerufen. Auch gab es, aus einer gewissen Verlegenheit heraus, die ersten Bewertungen, dass dieser und jene ja glänzend zusammenpassten, diese mit jenem ein denkwürdig schmuckes Paar bilde. Ein wenig wurde auf diese Art auch bereits geneckt, kleine Eifersüchteleien spaßhaft überspielt.

Klopstock hatte sich der anerkannt führenden Dame zugewandt, der er in den zurückliegenden Tagen schon mehrmals begegnet, mit der er zu anderer Gelegenheit sogar bereits beim Tanz näher gekommen war (wobei sie ihm glänzend in der Hand gelegen hatte). Ewig konnte man Komplimente und Kavaliersgehabe nicht hinziehen, und so begann man freier über die Gegebenheiten des Tages und der Szenerie zu plaudern. Dabei jedoch – und auch das entging Hirzel und vielleicht zwei, drei anderen nicht – wandte sich Klopstocks Blick immer wieder der kleinen Anna Schinz zu, die diese Blicke tunlichst nicht erwiderte, sich ihrer aber bereits bewusst war und sie aus dem Augenwinkel wohl wahrnahm. Tatsächlich war es so, dass sie, wann immer Klopstock das Auge auf sie richtete, sich eilfertig abwandte und unbeteiligt tat.

Dies jedoch bemerkte wiederum Klopstock mit großer Genugtuung. Er hatte wohl notiert, dass sich aller Damen Blicke immer wieder neugierig bei ihm, der unbestrittenen Attraktion des Tages, einfanden. Alle bis auf den einen, auf den es ihm schon jetzt vor allem und eigentlich ankam.

5

Alles an diesem Morgen war in einem Auf- und Vorwärtsstreben begriffen. Eine noch sattgelbe Sonne stieg langsam höher, das Schiff folgte stetig seinem Kurs zu ihrem ersten Ziel, in geringer Entfernung zum östlichen Seeufer. Ins frühe Licht getaucht, zogen hügelige Wiesen vorbei, hier und dort fand sich darin ein Bauernhof oder ein Landhaus. Selten war Vieh auf eingezäunten Weiden zu sehen, öfter Kornfelder, die um diese Jahreszeit golden aufglänzten.

»Herrlich!«, befand man zu einem vielfach wiederholten Mal, es war das am meisten bemühte Wort zum Ausdruck der Begeisterung. Salomon Wolf hatte sich unbedacht seiner Gattin zugewandt, was ihm unmittelbar die Rüge einbrachte, ungebührlich schnell »untreu« zu werden. Ja, Wolf tat sich schwer, er schien für diese Art Possenspiel nicht recht geeignet, und die kleine Keller weckte auch zu arg väterliche und lehrmeisterliche Gefühle. Doch trugen solche und ähnliche Neckereien zur allgemeinen Entspannung bei.

Die Stille war berückend, man merkte erst jetzt, dass die Stadt trotz der Herrgottsfrühe ein gewisses Maß an Geräuschen hervorgebracht hatte, die man als ihr Bewohner oder häufiger Besucher gar nicht recht registrierte. Sie fielen einem erst auf, wenn sie fehlten: das Geklapper eines frühen Fuhrwerks, das Öffnen von Fensterläden in den Gassen, zaghafte Laute von Menschen und Hunden und Pferden. Hier, auf dem See, nicht allzu weit von seinem ländlichen Ufer, war es still. Es war eine morgendliche Ruhe, die einen ergriff, ganz unwillkürlich fühlte man sich Gottes Schöpfung näher, rückte ab von allem, was alltäglich und unaufdringlich vertraut war.

Landgüter und Lusthäuser zogen vorbei, man erkannte und benannte sie, erörterte Klopstock ihre Geschichte und Bedeutung, sofern sie dergleichen aufzuweisen hatten, oder bloß ihre besonderen Merkmale. Wobei einem der Häuser besonderes Augenmerk galt: nämlich dem Landsitz des verehrten Züricher Landesvaters, Escher vom Glas. Welches alle eilfertig als prachtvoll zu bezeichnen bereit waren. Hinter den Erhebungen des anderen, ferneren Ufers gewannen indessen die Bergketten der Alpen ganz allmählich Kontur.

»Werter Hirzel, liebe Freunde«, sagte Klopstock laut in ein entstandenes Abebben der Konversation hinein, »ich danke euch schon jetzt für diesen wunderbaren Tag! Es ist schon jetzt nicht auszudenken, dass ich nicht an dieser Fahrt teilgenommen – und dieses Panorama nicht zu Gesicht bekommen hätte. Großartig!«

Hirzel antwortete mit einem beschwichtigenden Winken der Hand. »Warten Sie nur, lieber Freund, warten Sie nur ... Die Fahrt hat ja gerade erst begonnen.«

Hier auf dem Wasser war es um diese Tageszeit noch angenehm kühl, doch Frösteln konnte niemanden befallen, der Sommer stand in voller Blüte.

»Sehen Sie, dort hinten, da sieht man schon Küsnacht!«

Noch sehr fern war die Verdichtung einiger Häuser zu einer Ortschaft auszumachen. Klopstock bedachte die Attraktion mit einem höflichen Nicken.

Rahn wurde, vielleicht ausgelöst durch Klopstocks herzliche Worte, von einer euphorischen Stimmung erfasst, er begann Verse von Horaz zu zitieren, im lateinischen Original. Der Ausfall poetischer Darbietung führte vorerst bloß zu Gekicher. Der Verdacht lag nahe, dass Rahn damit vor allem Klopstock hatte beeindrucken wollen, vielleicht, um ihm näherzukommen und sich ihm in besonderer Weise zu empfehlen. Es schien, dass er darum sehr bemüht war; in den vergangenen Tagen war er dem prominenten Gast kaum von der Seite gewichen. Rahn galt allgemein als Sonderling in seiner etwas hochnäsig anmutenden Art und seiner Manier, sich auffällig zu kleiden, und so mancher hatte bereits befürchtet, mit seinem recht affektierten Verhalten würde er Klopstock lästig fallen, doch dieser hatte kein Zeichen des Überdrusses erkennen lassen und war Rahn offenbar zugetan.

Der Tagesplan sah vor, dass man bei Küsnacht aussteigen und ein Frühstück einnehmen, dann weiterfahren und gegen Mittag noch einmal für ein umfängliches Mahl haltmachen würde. Der Fortgang des Ausflugs war dann der Erkundung des Seeufers vorbehalten, bis es zeitlich geraten erschiene, die Rückfahrt anzutreten. Hier galt es, sich auf die Einschätzung der Schiffsleute zu verlassen, die Notwendigkeiten würden sich somit ergeben.

Indessen war man auf den Gedanken gekommen, einen Anlauf zu nehmen, den Schöngeist ihres besonderen Gastes sozusagen einer ersten Prüfung zu unterziehen. Es war zu früh, ihn um eine Kostprobe seines Könnens, eine Rezitation aus seinem Werk zu bitten (worauf alle bereits brannten), doch kam eine der jungen Damen auf die Idee zu bedauern, wie ungenügend bisher alle Beschreibungen der sie umgebenden Natur gewesen seien, nicht viel mehr als ein Ringen um Worte. Wem es gelingen möge, die Schönheit der Szenerie treffend zu benennen, der müsse jemand mit außergewöhnlichen poetischen Fertigkeiten sein.

»Wer als nur Sie also könnte uns die Schönheit dieser glänzenden Wasserfläche und dieser reizenden Landschaft würdig schildern?«

Fast ein wenig forsch erschien dieser Vorstoß, doch stimmten natürlich die anderen lautstark ein, alles andere wäre unziemlich gewesen.

Klopstock machte eine galante Bewegung, die Andeutung einer Verbeugung, wobei er seine rechte Hand auf die Brust legte. »Ihr Vertrauen ehrt mich«, sprach er. »Und sicher könnte ich Anstrengungen unternehmen, das Geschaute in wortreiche Beschreibung zu fassen. Doch würde es nie genügen und könnte nie vollends den Reiz wiedergeben. Die Natur ist unvergleichlich, und Gott, ihr Schöpfer, ein Meister, den niemand zu übertreffen vermag. Alle Worte können nur Abglanz sein und dem Wesen der Dinge allenfalls nahekommen. Deshalb erlauben Sie mir, liebe Freunde, stattdessen die Ehrfurcht des Schweigens dagegenzusetzen.«

Dieses Verweigern beeindruckte freilich mehr, als jeder brave Versuch einer Schilderung es vermocht hätte. Den Worten des Dichters folgte ehrlicher Beifall. Dem dieser wiederum mit einer Geste der Beschwichtigung Relation zumaß.

Im Übrigen nutzte er die Gelegenheit, sich Rahn – und damit Anna Schinz – zu nähern, um diese (die vorerst schwieg) stärker in das Geschehen um ihn selbst einzubeziehen. Auch sie hatte natürlich Beifall geklatscht und sich, während seiner Erwiderung, ihm zugewandt, wie dieser Moment es unverfänglich erlaubte. Unwillkürlich hatte sie dabei im Eifer Bewunderung erkennen lassen, die Zeichen waren untrüglich. Während man sich nun allgemein wieder den vorgesehenen Gesprächspartnern zuwandte und zugleich Küsnacht, das erste Ziel, deutlicher in Sicht kam, gelang es Klopstock, ganz an ihre Seite zu gelangen.

»Ihnen ist das freilich alles geläufig, Mademoiselle«, setzte er an, sobald sich ein günstiger Moment ergab, die spaßhaft verwendete erste Anrede aufgreifend. »Das ist ja Ihre Heimat.«

Es wirkte, als müsse sie kurz ihren Mut zusammennehmen oder ihre Gedanken sammeln.

»Nun ja«, sagte sie, nach einem nur sehr knapp bemessenen Blick der Erwiderung, »gewiss. Doch habe ich tatsächlich das Hinterland noch nie vom See aus gesehen. Einmal, als ich noch klein war, bin ich wohl zu Schiff den See hinuntergefahren, aber davon ist mir kaum etwas im Gedächtnis geblieben.«

Klopstock wurde ganz warm ums Herz beim Aufklang des bemühten Allgemeindeutschen mit diesem so entzückenden Akzent. Er blickte sie von der Seite an, was sie spürte, aber nicht erwiderte. Das dunkle, beinahe schwarze Haar, das bis über die Schultern fiel, glänzte in der Sonne, ihr Profil mit einer leicht vorspringenden, ziemlich spitzen Nase zeigte runde, weiche, wenngleich deutliche, ausgeprägte Formen und gab ihr den Hauch eines mediterranen, vielleicht auch slawischen Einschlags, wie er für Frauen aus Dalmatien typisch war. Die Augen erschienen ihm als dunkle Quellen puren Zaubers, tief bis zur Unergründlichkeit, Spiegel einer schon nahezu aristokratisch kühlen Nonchalance. Vielleicht war es ja auch dies, was so besonders reizvoll war: wie ihr gefälliges Äußeres mit dem ernsten Ausdruck einer gewissen Strenge und Reserviertheit einherging.

»Ja, das ist seltsam«, sagte er schließlich, um sie nicht zu lange auf eine Antwort warten zu lassen, »wie in seinem eigenen Teil der Welt ein jeder überraschend unkundig ist, nicht einmal kennt, was doch so naheliegt, und die Vorzüge eigentlich nicht zu schätzen weiß. Doch hat die Seefahrt des heutigen Tages somit immerhin auch für Sie ihren Reiz.«

Rahn, der in unmittelbarer Nähe saß, wohl um abzuwarten oder gar in der festen Erwartung, in ein Gespräch einbezogen zu werden, schuf unauffällig Distanz und überließ den Dichter seiner neuen Bekanntschaft. Nur vorübergehend, wie er glaubte.

Die kleine Schinz blickte über den See in Richtung des ersten Ziels, dem sie nun schon nahe waren, und machte keinerlei Anstalten, diesen ungeschickten Anfang zu einem Gespräch fortzuspinnen, und so beeilte sich Klopstock, einige artige Worte über ihren Bruder zu verlieren, das lag am nächsten. Er halte diesen, sagte er, für einen Mann mit großer Zukunft, daran könne kein Zweifel bestehen. Er, Klopstock, sei ganz sicher, dass man noch viel von ihm hören werde. Und das sagte er so laut, dass es außer den anderen auch der Betroffene selbst hören musste. Zumal stets eine gewisse Verhaltenheit der allgemeinen Konversation eintrat, sobald Klopstock sprach, seinen Äußerungen wurde stets eilfertig Vorrang eingeräumt. Der so unverhofft Gewürdigte ließ erkennen, dass er geschmeichelt war, wenngleich er unbeteiligt tat, als habe er nichts mitbekommen, und die Schinz, seine Schwester, sagte Klopstock einen angemessenen lieben Dank für seine Worte.

Früher als von Klopstock erwartet erreichten sie ihre erste Station, denn dies war nicht eigentlich Küsnacht, welches in geringer Entfernung gut auszumachen war, sondern Goldbach, ein Weiler lediglich weniger dahingestreuter Häuser, von denen eines das Landhaus Keller war. Als sie den Anlegeplatz ansteuerten, wurden sie bereits mit freudigem Winken begrüßt. Ein älteres Ehepaar war hervorgetreten, die Eltern des sich unter ihnen befindlichen Hans Caspar Keller, der sich ihnen vom Schiff aus mit einem herzerfrischenden Jodler bemerkbar machte, in der unverwechselbaren Art, wie man hier zuweilen seinen Gefühlen Ausdruck verlieh. Das fügte sich, denn überhaupt hatte Klopstock in ihm einen fröhlichen Gesellschafter gefunden, einen frischen, gesunden Burschen mit natürlich roten Wangen. Seiner Herkunft von diesem kleinen Ort gemäß wurde er allgemein »Keller von Goldbach« genannt.

Klopstock war von diesem Jodler über die Maßen entzückt. Er hatte geklungen wie etwas Urtümliches, wie der Ausdruck elementarer Gefühlsregungen, die nicht anders konnten, als sich auf diesem Wege Luft zu machen. Es schien, als habe der Verursacher sie nicht kontrollieren können, als sei etwas aus ihm herausgebrochen: eine Freude so unergründlichen Ausmaßes, dass sie nachgerade aus dem Herzen selbst zu kommen schien.

»Erstaunlich!«, befand Klopstock. »Dieses … Jodeln. Beherrschen Sie es wohl auch?«

Anna musste lachen. »Aber natürlich«, sagte sie. »Können Sie es denn nicht?«

Was für allgemeine Erheiterung sorgte.

»Warten Sie nur ab«, rief Keller übermütig. »Wir werden es Ihnen schon noch beibringen!«

6

Es war Punkt sechs, als sie anlegten und die Gesellschaft sich anschickte, an Land zu gehen. Jeder der Herren nahm seine Begleiterin an die Hand, und so beeilte auch Klopstock sich – zumal man ihm auch hier den Vortritt ließ –, Frau Hirzel über den Landungssteg ans Ufer zu führen. Rahn nahm seinen Platz an Anna Schinz' Seite wieder ein.

Die Begrüßung durch die Eltern von Keller hätte kaum herzlicher ausfallen können. Insbesondere die Mutter, die an den Steg gelaufen war, machte aus ihrer überschäumenden Freude keinen Hehl und verströmte dabei eine solch mütterliche (und beinahe schon großmütterliche) Herzensgüte, dass es einen unwillkürlich in Hochstimmung versetzte. Es kam zu einem großen Umarmen und Händeschütteln, die Frau herzte unzögerlich all jene, die ihr bekannt und vertraut waren, vor allen anderen natürlich den Sohn, den sie fast erdrückte. Der Vater wartete geduldig den ersten Sturm der Begrüßung ab und mischte sich dann – ruhiger, verhaltener, aber dabei nicht weniger herzlich – in die Unordnung der Gesellschaft. Schon bald besannen sie sich in dem entstandenen Durcheinander darauf, sich Klopstock, dem angekündigten besonderen Gast, ganz ausdrücklich zuzuwenden, begrüßten ihn überschwänglich und mit einem kräftigen Händeschütteln. Eine Ehre sei es für sie, versicherte die alte Dame, was Klopstock selbstredend abwiegelte, aber das herzliche Willkommen rührte ihn in Wahrheit bis ins Innerste, denn offensichtlich – wie ihre Äußerungen en detail bewiesen – kannten und schätzten die guten Leute sein Werk. Obwohl es, dem ersten Eindruck nach, recht einfache Leute zu sein schienen, die hier in einem stattlichen, aber keineswegs hochherrschaftlichen Haus ein ländliches Dasein fristeten, zu dem auch bescheidene landwirtschaftliche Tätigkeiten auf dem anliegenden Grundstück gehörten.

Im Landhaus war bereits alles für ein gutes Frühstück gerichtet, und die Ausflügler hatten nach der ersten Stunde ihrer Fahrt in der Seeluft einen zünftigen Appetit entwickelt. Vor dem Haus, wo man unter schützendem Vordach eigens für die achtzehn Besucher Tische aufgestellt und zusammengerückt hatte, wurde frische Milch gereicht, aber auch Most, Saft und Wein, und es roch appetitlich nach den ländlichen Erzeugnissen, die für eine kräftigende frühe Mahlzeit recht angetan waren: verschiedene Sorten Wurst und Käse zu duftendem, selbst gebackenem Brot, frische Eier, Pasteten und eingemachte Konfitüren. Dass man dort in der Runde dicht an dicht beieinandersaß, sorgte zunächst erneut für ein gewisses Befremden, schuf dann aber binnen Kurzem ein Gefühl der Vertrautheit. Auf diese Weise hatte jeder jeden im Blick.

Das Haus lag dicht am See, die Sicht war frei auf das Wasser mit einem Wechsel von Farben und Schattierungen, die sich beinahe unbestimmbar zwischen Grün und Blau bewegten. Gegenüber, am anderen Ufer, das mit Dörfern und verstreuten Häusern reich besetzt war, stiegen fruchtbare Hügel voller Weiden und Felder auf und darüber die dunklen Höhenzüge der Alpen, die jetzt fast schwarz hervortraten und näher zu sein schienen, als sie es in Wirklichkeit waren.

»Mein Gott, wie schön!« Klopstock, der erst jetzt, nachdem er eine Weile die reichen Gaben betrachtet hatte, die man auftischte, dieser Aussicht gewahr wurde, erhob sich spontan und breitete die Arme aus. »Was für ein Anblick! An einem solchen Ort zu leben!«

»Wir schätzen uns in der Tat glücklich«, sagte der Hausherr. »Dieser Platz liegt fern von städtischem Lärm und Verdruss, und doch ist die Stadt in erreichbarer Distanz. Die Landstraße führt dort vorbei, weiter oben«, – er wies in die angegebene Richtung – »von den Fuhrwerken und Kutschen hören wir beinahe nichts. Hier herrscht gewöhnlich nichts als Gottes unvergleichliche Stille.«

»Wahrhaftig, Sie können sich glücklich preisen«, sagte Klopstock, immer noch stehend, und erhob seinen Krug. »Lasst uns auf unsere edlen Gastgeber trinken, ein kräftiges Prosit!«

Allgemeiner Dank wurde laut für die gebotenen Köstlichkeiten, und man sprach eifrig den Speisen und Getränken zu. Die Stimmung war prächtig, man war zum Scherzen aufgelegt, wobei man im Zuge dieser lockeren Gespräche immer wieder in die helvetische Mundart verfiel. Doch Klopstock kam es nicht so darauf an, er schwieg ohnehin die meiste Zeit in stiller Betrachtung seiner Tischgenossen. Ganz genau betrachtete er sie, einen nach dem anderen, wie Hirzel und auch andere bemerkten, nicht zuletzt diejenigen, auf denen sein Blick länger ruhte. Dies war ein Kennenlernen in einem speziellen Sinn, Klopstock hatte gelernt, am Gebaren seiner Mitmenschen mehr abzulesen als an dem, was sie äußerten, auch an der Art, wie sie es äußerten. Was er hier erkannte, war reine Idylle, was er sah, waren einfache, wenngleich gebildete und kundige Leute in einer Umgebung, für die sie in allem, wie sie sich gebärdeten, wie geschaffen waren. Landschaft und Menschen gingen eine natürliche Verbindung ein. Es war eine gute Landschaft, und es waren gute Menschen, und in der Tat: schön anzuschauende Damen. Das Auge wurde hier in jeder Hinsicht über Gebühr verwöhnt. Frau Hirzel, die neben ihm saß, sprühte über vor einem erfrischenden Liebreiz, ihre Stimme klang hell und schön, Klopstock konnte es kaum erwarten, sie singen zu hören, er würde sie später, bei Gelegenheit, darum bitten.

Und wie unterschiedlich diese Menschen waren! Wie jeder seinen ganz eigenen Charakter hatte, der sich durch seine Gesten, die Art zu sprechen, den Farbton der Stimme äußerte. Die Art, wie sie blickten, Blicken standhielten oder die Augen niederschlugen, laut sprachen oder verhalten, das alles verriet ganz unterschiedliche Temperamente. Und jeder und jede blieb einzigartig, es gab auf der ganzen weiten Welt keinen anderen, der genauso war.

Dieser Gedanke hatte Klopstock oft fasziniert. Schon als Kind hatte er sich vorgestellt, es gebe irgendwo auf der Erde noch einen anderen wie ihn selbst. Es konnten doch unmöglich all die vielen Tausend und Abertausend Menschen verschieden aussehen. Es musste doch hier und da zwangsläufig zu Überschneidungen kommen. Dafür sprach, dass man immer wieder Menschen begegnete, die einem anderen, den man kannte, sehr ähnlich waren. Zum Verwechseln ähnlich, hieß es doch, und manchmal ging man so weit zu behaupten, zwei ähnelten einander wie Zwillinge. Doch in Wahrheit waren nicht einmal Zwillinge genau gleich. Selbst sie unterschieden sich bei näherem Hinsehen durch kleine, mitunter winzige Eigentümlichkeiten des Verhaltens, man konnte lernen, das zu sehen. Man konnte seinen Blick schärfen, um den Menschen hinter die Fassaden zu schauen, und Klopstock, den es schon von Kind an getrieben hatte, das zu tun, entdeckte jetzt auch hier die Einzigartigkeit eines jeden. Er ahnte, nein wusste eigentlich, dass nicht wirklich Dichter werden konnte, wer diese Gabe der genauen Beobachtung nicht besaß. Er besaß sie, gottlob.

Die kleine Schinz saß ihm schräg gegenüber, an Rahns Seite. Ihn, Klopstock, schien sie nie anzublicken, aber einige Male erwischte er sie, wie sie hastig den Blick abwandte. Auch bei dieser Gelegenheit musste er endgültig feststellen, was sich zuvor bereits aufgedrängt hatte: dass sie tatsächlich die Schönste in dieser Runde war. Die Hirzel, mit ihren ausdrucksvollen, leuchtend blauen Augen, dem matt goldblonden Haar und der weißen Haut war gefällig anzusehen (Hirzel war gewiss zu beneiden), und es gab tatsächlich keins unter den Frauenzimmern, das unansehnlich gewesen wäre. Doch reichte keine an dieses blutjunge Wesen heran, das so sanft und gleichzeitig so spröde daherkam. Natürlich, je unnahbarer sich eine Frau zeigte, desto stärker weckte sie Begierde. Man erstrebte umso mehr, was man nicht leicht haben konnte. Das war kein großes Geheimnis.

Nicht nur räumlich rückte man bei diesem wunderbaren Frühstück zusammen. Werdmüllers Gattin, die schöne Anna Magdalena, fand Gelegenheit, Klopstock ihre Bewunderung für seine *Messias*-Dichtung auszudrücken. Dies kostete sie einige Überwindung; sie war eine stille Schönheit von bescheidener Natur, ihr fülliges braunes Haar war in ganz bezaubernder Manier aufgesteckt. Klopstock war kurzzeitig versucht, im Gespräch mit ihr einen Arm um ihre schlanke Taille zu legen, und kostete tief einatmend ihren süßen Duft.

Was sie in Klopstocks Werk, ganz zu Beginn, im ersten Gesang, am meisten rühre, sagte sie, sei jene Stelle, die den Messias am Ölberg zeige, die heilige Stille, die ihn dort aufnehme:

Um und um nahm ihn der Ölbaum ins Kühle, gelindere Lüfte
Gleich dem Säuseln der Gegenwart Gottes umflossen sein Antlitz

»Wahrhaftig«, sagte sie, »muss man Jesus, den Erlöser, nicht – mehr als ohnehin schon – um einer solchen Beschreibung willen lieben?«

Woraufhin Klopstock sich bemüßigt sah, ihr galant die Hände zu küssen.

Die Söhne des Hauses Keller zeichneten sich aus durch ein beachtliches musikalisches Talent, wie nun einer von ihnen, als die Mahlzeit zu Ende ging, unter Beweis stellte. Er gab drinnen auf dem Flügel ein italienisches Solo zum Besten, und alle lauschten ergriffen der Musik, die durch die geöffneten Türen und Fenster ins Freie drang. Dabei beobachtete Klopstock, wie Hirzel bemerkte, die anderen (und vor allem die Damen) eingehender als zuvor. Wie genau er ihre Gesichter daraufhin prüfte, welchen Eindruck die Musik auf sie machte! Als wolle er herausfinden, welche die empfindsamste wäre. Das war eine Freude anzusehen. Wie beschwingt des Kaufmanns Schinz junge Begleiterin ihrem fröhlichen Temperament gemäß den Tönen folgte, brachte Klopstock zum Lächeln. Die meisten Damen waren jedoch eher entrückt und ließen sich von der Musik forttreiben, manche hatten die Augen geschlossen oder wiegten sacht die Köpfe. Die kleine Schinz blickte ernst und verträumt vor sich hin, ins Leere.

Ihre Augen waren geheimnisvoller und tiefer denn je.

7

Als die Musik vorbei war und auch endgültig die Mahlzeit, als auch der Letzte (es war Hirzel) mit Kauen zu Ende kam, erhob man sich und nutzte die Gelegenheit, in dem herrlichen Garten, der das Haus umschloss, spazieren zu gehen. Obstbäume gab es dort, die (um diese Tageszeit noch sehr lange) Schatten spendeten, blühende Büsche, einen Kräutergarten. Steinplatten markierten Wege, die hindurchführten. Alles sah gepflegt aus, behielt aber einen Anhauch von Wildwuchs.

Für Klopstock war dies eine günstige Gelegenheit, sich an die Seite der Schinzin zu begeben – wie er das Mädchen im Stillen zu nennen begonnen hatte. Dass in der kleinen Gesellschaft – wie auch ansonsten landauf, landab im deutschsprachigen Raum – die Damen in einer Vielzahl Anna hießen, machte den Gebrauch weiblicher Vornamen beinahe unüblich. Fast notwendigerweise ließen sie sich bei ihrem zweiten Vornamen nennen, unter dem sie gewöhnlich besser zu unterscheiden waren, oder erhielten Beinamen, die sie unverwechselbar machten. So hatte Klopstock Frau Hirzel – auch sie eine Anna Maria – im Geiste Anakreons seine »Daphne« getauft.

Anna Maria Schinz war eine Tochter aus gutem Hause. Aus einem der besten Häuser in Zürich und Umgebung. Embrach, ihr Heimatort, lag nur wenige Meilen entfernt und war über die Landstraße schnell zu erreichen. Die Familie war weit verzweigt, Schinz war seit Generationen der Name vieler Männer von Einfluss und Bedeutung gewesen; Theologen waren darunter, Pfarrer, aber auch Ratsherren. Und Handelsleute. Ihr Vater, Heinrich Schinz, nun ein Mann von fünfundvierzig Jahren, gehörte ebenfalls dieser Zunft an. Ihre Mutter, Anna Magdalena, eine geborene Fäsi (auch dies ein verbreiteter Name in der Region), war eine gottesfürchtige Frau und mit Fruchtbarkeit gesegnet. Anna hatte viele Geschwister, ältere und jüngere. Doch war auf sie am meisten die Schönheit ihrer Mutter übergekommen. Schon als kleines Mädchen hatte man ihr dies zu verstehen gegeben, ebenso jedoch, dass dieses Geschenk nur umso mehr zur Sittenstrenge verpflichte. Streng war sie erzogen worden, hatte viel Zeit mit dem Studium der Bibel zugebracht, doch auch Gelegenheit gefunden, sich mit Philosophie und Dichtung zu befassen, was in ihrem Elternhaus geduldet wurde, wenn auch eher bei den Knaben als bei den Mädchen. Doch hatte dies auch seine Vorteile, denn viele Bände mit Poesie hatte sie im Besitz des Bruders Johann Heinrich gefunden, der sich für die Literatur (insbesondere die englische) über die Maßen begeisterte.

Ihren Eindrücken, dass Klopstock sie mit besonderer Zuwendung bedachte, hatte Anna bislang nicht recht trauen mögen, doch erhielten sie Nahrung, als er nun zielstrebig an ihre Seite trat.

Ob Mademoiselle ihm wohl die Freude machen würde, ihn auf einem Gang durch den Garten zu begleiten, fragte er höflich, unter einer förmlichen Verbeugung.

Gewiss, erwiderte sie, es sei ihr ein großes Vergnügen. Und als er ihr seinen Arm bot, hakte sie sich bereitwillig unter. Das fügte sich wohl; wie sich hier präzise erwies, war sie nur ein Stück kleiner als er.

So gingen sie gemessenen Schritts ein Stück über Wege und das noch feuchte Gras. Zuweilen blieben sie stehen, um den Blick über die schmale, kaum befestigte Uferstraße und den See schweifen zu lassen.

Sie möge verzeihen, sagte er, er habe sie genau beobachtet.

Ja, sagte sie, das sei ihr nicht entgangen.

So, sagte er, sie habe es also gemerkt. Er hoffe sehr, ihr damit nicht zu nahe getreten zu sein. Aber sie sei so ganz in die Musik versunken gewesen.

Ach, sagte sie, das meine er.

Das? Wieso *das?* Meine denn sie etwas anderes?

Schon heute Morgen, als man einander kennenlernte, da habe er sie so eigentümlich angesehen.

So eigentümlich, fragte er. Wie denn, eigentümlich?

Es sei ein eindringlicher und sehr tiefgründiger Blick gewesen. Sie habe ihn nicht recht zu deuten gewusst.

Nun, sagte er, liege das denn nicht auf der Hand? Er sei von ihrer Erscheinung mehr als angetan gewesen.

Oh, sagte sie leise.

Sie möge seine Offenheit verzeihen, er habe selten in seinem Leben, und vielleicht gar nie, eine so hübsche junge Dame gesehen.

Natürlich errötete sie, und dass dem so war, dafür war die Tatsache, dass sie das Gesicht ein wenig abwandte, um pro forma übers Wasser ans andere Ufer zu blicken, ein untrügliches Zeichen.

Er meine es sehr ernst, sagte er, und ein solches Kompliment dürfe sie sich getrost gefallen lassen.

Das sei sehr galant von ihm. Zumal sie sicher annehmen könne, dass er in Wahrheit schon weit schönere Damen gesehen habe.

Nein, sagte er, sie dürfe seine Worte nicht nur als Kavalierspflicht ansehen und solle ihrerseits nicht zu sehr kokettieren. Es müsse ihr doch klar sein, welchen Eindruck ihre Wohlgestalt auf die Männer ausübte, so jung sei sie nun nicht, dass sie das nicht bereits gemerkt haben sollte.

Schönheit sei vergänglich, sagte sie, Tugend und Festigkeit beständig.

Doch Schönheit und Jugend etwas, was man, eben weil es vergänglich sei, umso mehr genießen müsse.

Dies sei eine Sache, die sich nicht notwendigerweise verstehe. Und wie dem auch sei, es stände doch so: dass ihm gegeben sei, etwas zu schaffen, was die Zeiten überdauere, was vielleicht ewig Bestand hätte. Seine Dichtung. Die unvergleichlichen Gesänge des *Messias*.

So kenne sie also seine Verse.

Ja, sie kenne sie und habe in der Tat nichts gesehen, was ihnen vergleichbar wäre. Sie seien von einer ungeheuren Tiefe und Kraft. Hätten die Macht, zu verzaubern und den Menschen ein Bild zu geben von den höheren Dingen.

Sie schmeichele ihm.

Nein, keineswegs. Und jetzt sei es ihr eine große Ehre, den Mann kennenzulernen, der diese hohe Poesie geschaffen habe.

Er benutzte die Gelegenheit, ihre Hand (wie aus stiller Dankbarkeit) in seine beiden Hände zu nehmen, doch sie entzog sie ihm mit einer erstaunlich geschickten Bewegung, nicht überhastet (was für sie kompromittierend gewesen wäre), sondern langsam, wie bedächtig.

Er lächelte, ein wissendes Lächeln.

Sie solle keine Scheu vor ihm haben, solle ruhig Zutrauen gewinnen. Diesen Tag genießen, der ihnen geschenkt werde. Und wenn es ihr darum zu tun sei, ihn, den Dichter des *Messias,* kennenzulernen, nun, dann solle sie die Gelegenheit nur beim Schopfe fassen. Der Tag habe noch kaum begonnen, ihnen blieben viele Stunden, die sie nutzen könnten, um einander näherzukommen, diese Fahrt zu einer unvergesslichen zu machen, das Geschenk Gottes freudig anzunehmen.

Gewiss, dazu sei sie gern bereit. Und sie hoffe, er werde ihnen heute noch, aus seinem eigenen Munde, eine Kostprobe seiner Dichtung geben.

Sie solle sich nur vorsehen, dass er sich nicht versteige, über sie und ihre Anmut ein Gedicht zu verfassen.

Er scherze gewiss.

Nein, keineswegs.

Oh ja, wie sie wisse, habe er schon viele Verse über Damen gemacht.

Und sie seien immer ihrer Schönheit und Anmut geschuldet gewesen. Könne es Schöneres geben, als Schönheit zu preisen?

Die Schönheit des Göttlichen zu preisen sei eine viel

hehrere Aufgabe. Solle er, mit seiner besonderen Fertigkeit, nicht lieber fortfahren, dies zu tun?

Die Schönheit des Göttlichen und die Anmut der Frauen seien keine so verschiedenen Dinge, wie sie vielleicht anzunehmen geneigt sei.

Ach nein?

Nein. Auch in der weiblichen Schönheit manifestiere sich schließlich Gottes Kraft.

Das, nun … das sei aber vielleicht doch etwas arg weltlich gesprochen.

Das möge vielleicht so klingen. Doch sei vieles Wahre von weltlicher Art. Und manch Weltliches also nicht unweigerlich unwahr. Die Schönheit der Frauen sei von alters her gepriesen worden, Männer seien dazu berufen, sie zu sehen – und zu beschreiben. Das liege in der Natur der Dinge. Es sei nichts, was außerhalb des Gottgegebenen liege, und könne somit nichts Verwerfliches darstellen.

Sie wisse nicht, ob es sich schicke, dass sie sich darüber in dieser Ausführlichkeit ausließen.

Aber sie erörterten doch Dinge, die mit Gott in Beziehung ständen.

Wie man vielleicht tun solle, wenn man sich besser kenne. Oder ein Verhältnis dazu angemessen sei.

Sie möge verzeihen, sagte er. Aber sie sei ihm so vertraut. Als kenne er sie schon lange. Und in der Tat …

In der Tat was?

Er blickte sich um. Sie waren allein, die anderen hatten sich, zu zweien, hier und dort auch in kleinen Gruppen im Gelände verteilt. Stimmenfetzen und Lachen klangen herüber. Er sah die »Daphne«, der er jetzt offensichtlich untreu wurde, im Gespräch mit Hirzel, ihrem Gatten, seiner jungen Begleiterin und dem Theologen stehen, der auch Schinz hieß, wie der Bruder der Schinzin. Hier in Zürich, hatte er festgestellt, waren letztlich alle irgendwie verwandt und verschwägert, ärger als in anderen Städten dieser Größe. Nicht dass Zürich eine rechte Großstadt gewesen wäre, doch zählte es immerhin an die zehntausend Bewohner. Für die Schweiz war das viel. Gegen Städte wie Leipzig (mit immerhin fast viermal so vielen Bürgern), Dresden und Frankfurt musste es verblassen, von den wirklich großen wie Hamburg, Berlin und Wien ganz zu schweigen. Doch verlieh die überschaubare Größe wieder einen eigenen Reiz. Dabei wohl auch einen Anstrich von staubiger Rechtschaffenheit, was nicht zuletzt an der tiefen, durch den Reformator Zwingli geprägten Religiosität lag, eine Frömmigkeit und Sittenstrenge, wie man sie andernorts selten antraf. Alles war ein wenig muffig, Würdenträger und Honoratioren, die sich freundschaftlich und verwandtschaftlich und durch Berufung verbunden waren, bestimmten den Gang der Dinge, darunter so arg gesetzte Herrschaften wie Bodmer und Johannes Gessner, bedeutend und gelehrt zwar, jedoch auch mit einem Hauch von Provinzialismus behaftet. Hier herrschte eine seltsame Mischung aus Rückständigkeit einerseits und andererseits einer unvermuteten Fortschrittlichkeit. Männer wie Gessner, Bodmer und Schulthess schufen eine Enklave der Wissenschaft und der schönen Künste, deren Ruf bereits den Kontinent zu überstrahlen begann. Jüngst hatte man die Naturforschende Gesellschaft eingerichtet, an deren Gründung neben den genannten Herren auch

Hirzel und Rahn beteiligt waren. Es schien, hier sei eine regelrechte Akademie im Entstehen begriffen, nach dem Vorbild englischer, meist vom Adel frequentierter Gesellschaften. Über Elementarphysik, Naturhistorie und Mathematik, aber auch über Literatur wurde bereits doziert, und wie er verstanden hatte, war man bemüht, die Anstrengungen auf noch andere Gebiete auszudehnen, auch Botanik und Arzneikunde, gar die Astronomie einzubeziehen, es existierten sogar Pläne zur Einrichtung eines bescheidenen Observatoriums. So drehte es sich also nicht (wie Klopstock anfangs geringschätzig vermutet hatte) um die Einrichtung artiger Debattierclubs. In den vergangenen Tagen hatten die Herren einander übertroffen, von ihren vielfältigen Absichten zu berichten, und er begriff, dass er selbst, sein Besuch hier in Zürich, sich in dieses vielfältige Bestreben einfügte, er war sozusagen als Botschafter der Poesie vor Ort, zur Schöpfung einer Verbindung zu den Zentren der Künste und Wissenschaften in deutschen Landen. Unter anderem deshalb war auch Bodmer so beflissen gewesen, ihn in die Zirkel derjenigen einzuführen, die in dieser Stadt seit alters her Rang und Namen hatten, ihn in die Runden Pfeife rauchender, in der Regel älterer und gesetzter Herren zu integrieren. Es hatte ihn einige Manöver gekostet, dem zu entkommen und sich den gleichaltrigen, eher frisch Studierten und Gebildeten anzuschließen. In Kreisen, wo sich ihm die stets ersehnte Gelegenheit bot, junge Damen kennenzulernen.

Und jetzt, heute, hier, hatte er eine ganz besonders entzückende kennengelernt.

Nun, er wolle ehrlich sein, sagte er, nachdem er so

eine Zeitlang innegehalten hatte, er wolle ehrlich sein und ihr etwas gestehen. Denn es stimme, sie habe heute Morgen sein Interesse auf ganz besondere Weise geweckt. Indem sie ihn an jemanden erinnert habe, jemanden aus seiner Vergangenheit.

Sie schwieg einen Moment, überrascht, eher irritiert als erfreut, versuchte das Gehörte für sich zu verstehen.

Dann gebe es also eine Dame, der sie gleiche.

Indem sie es äußerte, konnte sie eine gewisse Enttäuschung nicht verbergen.

Nun ja, sagte er, aber die habe er vor langer Zeit gekannt. Und diese habe ihr nicht wirklich gleichen können, weil sie noch sehr jung gewesen sei. Sehr, sehr jung. Damals, als in ihm selbst gerade erst der Sinn für alles Weibliche und die Fähigkeit, Schönheit zu erkennen, erwacht seien. Ja, sie, hier vor seinem Angesicht, erinnere ihn an seine erste echte Liebe, eine sehr heftige, eine sehr schmerzliche erste Liebe. Die sein ganzes Fühlen und Denken, sein ganzes Leben verändert habe, in dem Sinne, dass danach nichts mehr so gewesen sei wie zuvor. In einem jener Schwellenmomente des Lebens, denen ein jeder unterworfen sei, etwa dann, wenn es gelte, die Kindheit hinter sich zu lassen, wie ein Vogel aus dem Ei oder wie eine Raupe aus dem Kokon zu schlüpfen, ganz neu und verändert, ohne dass es einen Weg gäbe, je zurückzukehren in den Zustand, in dem man sich zuvor befunden habe. Wenn auch Frauen und Männer sich reichlich unterschieden, in so vielerlei Hinsicht, so müsse sie doch selbst wissen, wovon er spreche, da auch sie gewiss einen Prozess durchlebt habe, der seinem ähnlich sei. Damals sei ihm ein Mädchen begegnet, das anders gewesen sei als die anderen, anders als alle Mädchen, die er bis dahin wahrgenommen und mit denen er noch eher kindlichen Umgang gepflegt habe. Maria habe sie geheißen, ein Kind aus der Nachbarschaft, Spielkameradin seiner Schwestern, zu einer Zeit, als er dreizehn gewesen sei und sie erst zwölf. Doch wie wunderbar weiblich sie bereits dahergekommen sei, wie frühreif-schön! Man habe sie für vierzehn oder fünfzehn halten können, die jungen Männer (wie auch die alten) hätten sie folglich bereits bemerkt, gewiss auch in Anbetracht ihrer allzu früh entwickelten Reize. Und auch er habe damals zum ersten Mal diesen Sturm in sich gespürt, diese Verwirrung der Gefühle, so neu, so überwältigend.

Da sei er aber, mit Verlaub, früh den Mädchen zugetan gewesen.

Klopstock fühlte sich nicht bemüßigt, der Schinzin en detail von den körperlichen und geistigen Veränderungen zu berichten, denen Jungen in diesem Alter unterworfen waren, der eine früher, der andere später. Doch ja, bei ihm war es früh zutage getreten. Die Freude am Betrachten der Mädchen. Der Zustand der Verwirrung, wenn einen ein Duft streifte oder einem ein Lächeln galt. Das Aufgehen ungeahnter Tore zu Lustgärten der schwärmerischen Begeisterung, zu überschwänglichen Kapriolen der Fantasie. Der Kampf mit den ersten Begierden. Das Erwachen der Schuldgefühle, das Ringen um eine Neuordnung der Dinge, das Schweben zwischen der Hingabe an das Glückserleben und der befürchteten Verdammnis. Das Sich-Überlassen, das schicksalsergebene Hinnehmen des Sündenfalls. Die geheimen Freuden der Onanie. Wenn man unter den aufbrandenden Wellen der Lust die körperliche Aussaat von sich werfen konnte, sich die Lüsternheit förmlich aus dem Leib spritzte und die Botschaft männlicher Zeugungskraft in ihrer ganzen Fülle in die Welt kommen sah. Welche Wonne es war, sich dabei vorzustellen, wie man die Ersehnte umfing, sie berührte, küsste, wie man sich das Rascheln ihrer Kleider – ihres und das anderer Damen – ins Gedächtnis rief. Darunter auch reife, erwachsene Damen, die einem noch artig und nichts ahnend über den Kopf strichen, während einen ihr Duft und der Anblick ihres Mundes, die Rundungen ihrer Körper, ihre schlanken Hälse und ihre fleischigen Arme insgeheim schon verwirrten. Wie betörend süß der Klang ihrer Stimmen nachhallte, wie einem all dies bis in die Träume folgte und einen um den Verstand brachte. Wie man lernte, den Reiz des Verbotenen, ja, nachgerade die verbotenen Früchte zu kosten. An einem entwendeten Taschentuch zu schnuppern oder gar die Gelegenheit finden, sich eines beim Umkleiden zurückgelassenen Kleides zu bemächtigen, das Gesicht in die Falten zu drücken (was sich besonders schön ausmachte, wenn es vom Tragen noch warm war). Durch Türritzen zu beobachten, was für die Augen eines Heranwachsenden nicht bestimmt war. Dinge, die erschreckend waren und doch schön. Die in Gewissenskonflikte stürzten und alles, bis hin zum eigenen Seelenheil, infrage stellten. Die man nach langem Kampf hinnahm als etwas, das zum Leben gehörte (wenn man – mit welch unendlicher Erleichterung! – entdeckte, dass es bei anderen Jünglingen ähnlich war), oder aber an denen man still verzweifelte. Wie einen der Anblick einer gut geformten Büste in Erregung versetzen konnte, wie man es fertigbrachte, einer Dame heimlich durch Straßen und Gassen zu folgen, nur um sie gehen zu sehen (und sich dessen später träumerisch zu erinnern) und so auch zu erfahren, wo sie wohnte.

Aber das konnte er diesem Mädchen natürlich nicht erzählen. Überhaupt niemandem konnte man diese Dinge je sagen! Er seufzte.

Nicht arg früh, sagte er. Und es sei ja auch mehr schwärmerisch gewesen. Das Erwachen eines tiefen, ernsten Gefühls.

Dieses Mädchen, diese Maria, sei also sehr hübsch gewesen.

Außerordentlich. Sie habe so große und dunkle Augen gehabt wie sie selbst, mit beinahe demselben Ausdruck. Auch Maria sei so schlank und anmutig gewesen und habe solch dunkles, langes Haar gehabt, immer ein bisschen wild und ungebändigt habe es ihr um den schönen Kopf gestanden. Auch sie habe so geheimnisvoll fremd ausgesehen. Ein wenig stolz und edel, ein wenig unnahbar, ein wenig entrückt. Dies zu beschreiben sei äußerst schwierig, Worte könnten es nicht treffen.

Dann müsse sie wohl, wenn sie derjenigen so sehr gleiche, nach all dem, was er geschildert habe, sehr geschmeichelt sein.

Zumal sie älter sei und schon eine rechte Frau, und somit ihr Liebreiz nur umso höher anzusetzen.

Sie müsse ihm danken für diese Worte, auch weil er sie so offen unterrichtet habe über Dinge, die doch vertraulich und wenig dazu angetan seien, mitgeteilt zu werden. Doch müsse sie daran erinnern, dass derlei Erörterungen durchaus etwas Unschickliches hätten und man in Erwägung ziehen sollte, recht bald zum Haus und zu den anderen zurückzukehren. Und wenn man das Gespräch wieder aufnehme, sich vielleicht anderen Dingen zuzuwenden.

Anderen Dingen?

Ja, wenn er die Güte hätte, ihr einige Fragen zu seinen Versdichtungen zu gestatten, die ihr auf der Seele lägen. Manches daran habe sie arg beschäftigt.

Nun, dann solle sie nur frei heraus …

Doch in diesem Moment drängte man vom Kellerschen Landhause aus, wo die Lustwandler sich mittlerweile wieder eingefunden hatten, zum Aufbruch. Hirzel rief und winkte die noch verlorenen Schäfchen eifrig heran.

Es war bereits gegen acht Uhr morgens, höchste Zeit, den Weg fortzusetzen. Zumal an vereinbarter Stelle alles für einen Mittagstisch gerichtet sein würde, es galt den angestrebten Zeitplan einzuhalten.

So ging denn Klopstock mit dem Mädchen am Arm in angemessenem Tempo zurück. Als sie angekommen waren, dankte er ihr galant für die entzückende Unterhaltung.

»Nicht wahr«, sagte er, »die werden wir fortführen, um dort anzuknüpfen, wo wir stehen geblieben waren.« Dann trat er beflissen an die Seite seiner ihm eigentlich anvertrauten Dame – die ihn nach Art einer Komödiantin heftig für seine Untreue tadelte.

Es folgte ein herzlicher Abschied von den braven Leuten, die sie bewirtet hatten. Von allen Seiten wurde tausend Dank geboten, das Ehepaar brachte die Schar mit guten Wünschen und Segnungen auf den Weg zum Ufer, wo die Schiffsleute ihren Teil der Mahlzeit erhalten und überreichlich Gelegenheit zur Rast gehabt hatten. Paar für Paar ging an Bord, und man beeilte sich abzulegen und die Fahrt wieder aufzunehmen. Noch lange winkte man den guten Leuten beim Landhaus, die man am Abend, auf der Rückfahrt, noch einmal wiedersehen würde.

8

Es war jetzt nach acht, die Sonne stieg langsam höher und gewann an Kraft. Es wurde warm. Noch war es recht angenehm, doch gegen Mittag war die übliche Hitze zu erwarten, die in diesem Sommer schon zur Gewohnheit geworden war.

Die Stimmung an Bord des Schiffes war nun eine andere. Beim Landgasthaus und der gemeinsamen Mahlzeit war man zusammengerückt und hatte die anfängliche Unbeholfenheit überwunden. Es war ein erster Höhepunkt der Unternehmung gewesen, und das traute Miteinander um einen Tisch, die freundliche Bewirtung, die musikalische Kostprobe bildeten ein Erlebnis, das allein wert gewesen wäre, den Ausflug denkwürdig zu machen.

Jetzt wurde auf dem Schiff, das unter kräftigen Ruderschlägen ein Stück hinaus auf den See steuerte, wo der Wind günstiger war, munter gescherzt. Klopstock lobte Keller von Goldbachs Eltern über das Maß an gebotener Höflichkeit hinaus, was diesen natürlich freuen musste. Aber auch die anderen waren von dieser ausführlichen Würdigung angetan, war sie doch ein Beweis für Klopstocks guten und redlichen Charakter. Kellers

Mutter pries der Dichter als »eine Frau von natürlichem Charme, ernst und weise in ihrem Gehabe und doch gleichzeitig so herzlich und mit einem das Gesicht veredelndem, schönen Lächeln«.

Er zog Vergleiche zu Frauengestalten der griechischen Mythologie, sprühte vor Eifer und Inspiration, war sichtlich in seinem Element, und so wurde bald der Wunsch laut (den ja auch die junge Anna Schinz schon geäußert hatte), er möge ihnen doch aus seinem Werk rezitieren. Dabei war es allen einmütig um die berühmt gewordenen Gesänge des *Messias* zu tun, und besondere Neugier war auf diejenigen Teile gerichtet, die noch im Werden begriffen waren. Man wusste, dass Klopstock nach Erscheinen der ersten drei Gesänge im Druck bereits Weiteres in Angriff genommen hatte. Dass erste Fassungen des vierten und fünften Gesangs existierten, hatte er nämlich schon diverse Male verlauten lassen, Bodmer und anderen auch schon daraus vorgetragen, und nun konnte man es nicht erwarten, ebenfalls in diesen Genuss zu geraten: ein so frisches und noch nicht gänzlich vollendetes Werk zu Gehör zu bekommen, eine Fortsetzung dessen, was bisher bekannt war und zu den kühnsten Hoffnungen auf das Folgende Anlass gab.

»Nun«, sagte Klopstock, aufrecht stehend und sich an einem der Segeltaue haltend, »ich habe solches geahnt und Vorsorge getroffen, die Ergebnisse meiner jüngsten Bemühungen mit mir zu führen.« Er zwinkerte und rief damit einiges Gelächter hervor. »Wie ein Dichter ohnehin gut daran tut, sein Rüstzeug stets bei sich zu haben, für den Fall, dass die Muse ihn zu küssen geruht. Wie es ganz unverhofft, an den unvermutetsten Orten und jederzeit geschehen kann.«

Die Bühne für die Darbietung hätte nicht trefflicher bereitet sein können. Alles war still, der Wind trieb das Schiff nun fast lautlos voran, von den Ufern her gab es kein Geräusch, das die Lesung hätte stören können. Nur hier und da der Ruf eines Vogels oder ein sehr ferner, wiederkehrender Laut (wo vielleicht gerade jemand Holz hackte) war zu vernehmen. Die kleine Gesellschaft brachte sich eifrig in Position, um bequem und ohne weiteres Zurechtrücken den Worten lauschen zu können.

Klopstock rezitierte aus dem fünften Gesang die Passage, die er selbst für die bislang mit gelungenste ansah, die Episode vom Geschlecht der nicht sterblichen Menschen und im Weiteren von der Zwiesprache Jesu, des Gottesmenschen, mit dem Schöpfer.

… Mit der Ruhe der Stärke
Stand der Unsterbliche da. In der hochgehobenen Rechte
Hielt er ein Wetter empor. Bei jedem erhabnen Gedanken
Donnert' er aus dem Wetter hervor. So folgt' er Jehovah.
Tausend Sonnenmeilen – der Raum von Sonne zu Sonne
Ist von jeder das Maß – die Ferne folgte der Seraph.
Gott ging jetzt durch die Sterne, die Milchstraße wir nennen,
Aber bei den Unsterblichen heißt sie die Ruhstatt Gottes.
Denn da der erste himmlische Sabbath vollendet die Welt sah,
Stand der Ewige dort und schaute den werdenden Sabbath.
Gott ging nah an einem Gestirne, wo Menschen waren,

Menschen wie wir von Gestalt, doch voll Unschuld, nicht
sterbliche Menschen.
Und ihr Vater stand in freudiger, männlicher Jugend,
Ob in dem Rücken des Jünglings gleich Jahrhunderte
waren,
Unter seinen unausgearteten Kindern …

Wie Klopstock keineswegs entging, waren seine Zuhörer – zu seiner großen Befriedigung – von seinen Worten sichtlich ergriffen. Sie lauschten andächtig, einige mit geschlossenen Augen, andere mit einer Art Klarheit der Bestürzung im Blick, die Zeugnis davon ablegte, wie wenig sie auf die Kraft und Eindrücklichkeit des Rezitierten vorbereitet gewesen waren. Als er mit Inbrunst die Unsterblichen beschrieb, saßen einige mit aufgerissenen Augen.

Doch wie beklommen wurde ihnen erst, als Klopstock den Stammvater der Unsterblichen, ihren nie gestorbenen Adam, im Angesicht Gottes sprechen ließ, der seinem Volk erst erklären musste, was Sterblichkeit sei. Denn natürlich, sie wussten es ja nicht, konnten sich davon keinerlei Vorstellung machen, und dies wiederum war etwas, was sich keiner der auf dem See so andächtig Lauschenden je klargemacht hatte: was Sterben eigentlich bedeutete im Unterschied zu einem Gegenteil, das keiner von ihnen sich je wirklich erdacht hatte. Sterblich waren alle Menschen, und erst, sich die Existenz von Unsterblichen zu vergegenwärtigen, schaffte den Blick auf den eigenen, stets als ganz natürlich, nicht anders denkbar empfundenen Zustand, der auf diese Weise in einem neuen Licht erschien.

… Dem Sterbenden bricht das Auge und starret,
Sieht nicht mehr. Ihm schwindet das Antlitz der Erd und des Himmels
Tief in die Nacht. Er höret nicht mehr die Stimme des Menschen,
Noch die zärtliche Klage der Freundschaft. Er selbst kann nicht reden,
Kaum noch mit bebender Zunge den bangen Abschied stammeln,
Athmet tiefer herauf, und kalter, ängstlicher Schweiß läuft
Über sein Antlitz; das Herz schlägt langsam, dann steht's, dann stirbt er!
In der liebenden Mutter Arm, die gern mit ihr stürbe
Und nicht sterben kann, stirbt die Tochter. Umfasst von dem Vater
Und an das Herz gedrückt, stirbt, ach, der Jüngling im Aufblühn,
Seines Vaters einziger Sohn. Vor jammernden Kindern
Sterben Eltern, ihr Trost und die Stütze der wankenden Jahre.
In ihr Elend vertieft, stirbt eine theure Geliebte
An des zärtlichen Jünglings Brust …

Und als er an die Stelle kam –

Ach, nicht lang, und sie sterben, und Gott erbarmt sich nicht ihrer,
Nicht des abschiednehmenden Lächelns der frommen Geliebten,
Nicht der brechenden Augen, die gern noch weinten, der Angst nicht,
Die sie betet und Gott nur um eine *Stunde noch anfleht*

– da konnte eine der Damen ein leises Aufschluchzen nicht mehr unterdrücken.

Auch Hirzel hatte die Szene ordentlich gepackt. Der frühe Wein, im Landhaus ein wenig zu reichlich genossen, mochte daran nicht ganz unschuldig sein. Während Klopstock die Bilder von Kindern und Eltern hatte erstehen lassen, die einander entrissen wurden, hatte er bestürzt die mit ihm Anwesenden und insbesondere seine strahlende Gattin betrachtet, und bei der Vorstellung, der Tod könnte sie eines Tages – gar früh – auseinanderreißen, ergriff ihn eine tiefe Wehmut. Verstorbene Freunde fielen ihm ein und dass der Tod einem jeden der noch Lebenden allerorts und zu jeder Zeit unbarmherzig drohe …

Klopstock war indessen zu einer Stelle übergegangen, die die Leiden des Messias in bedrückender Anschaulichkeit beschrieb.

Ganz von Deinem Zorn, von Deinen Schrecken gefüllet,
Hast du mit ausgebreitetem Arm den Kelch der Leiden
Über mich ausgegossen. Ich bin ganz einsam, von Allen
Die ich liebe, den Engeln, den Mehrgeliebten, den
Menschen
Meinen Brüdern, von Dir, von Dir, mein Vater, verlassen

Das gab einigen der Anwesenden sichtlich den Rest. Auch Hirzel spürte wahrhaftig Tränen aufsteigen, konnte sie aber mannhaft zurückhalten. Denn wie hätte das ausgesehen? Die Damen mochten ihrer Rührung in solch eigentlich kindlicher Art Ausdruck verleihen, ihm war da freilich Zurückhaltung auferlegt.

Abgesehen von einigen Seufzern und kleinen Schluchzern folgte dem Vortrag eine tiefe, beinahe notwendig zu nennende Stille. Wer hätte auch nach solchen Worten laut Zustimmung äußern oder in Beifall ausbrechen wollen? Das verbot sich ganz und gar, es galt zunächst, das Gehörte wirken zu lassen. Erst nach einer ganzen Weile fühlte sich Hirzel bemüßigt, dem Schweigen (das schließlich nicht ewig währen konnte) ein Ende zu bereiten.

»Donnerwetter, Klopstock«, sagte er, in der Anrede mit Absicht ein wenig altbacken, »Ihr versteht Euer Handwerk!«

Endlich konnte sich die Begeisterung allenthalben Luft machen, wenn auch, passend zum tragischen Inhalt, eher maßvoll, ohne Überschwang oder weitschweifiges Loben. Viele unter ihnen (eigentlich die meisten) hatten freilich auch nicht alles verstanden und dem Geschilderten nicht ganz folgen können. Je mehr dies der Fall war, desto eher waren sie bereit, dies ihrer eigenen Unzulänglichkeit zuzuschreiben, und bewunderten den Dichter dafür erst recht, der auf ganz anderer Ebene als sie Einblick nahm in die göttlichen Belange und Zusammenhänge der Heiligen Schrift. Hohe Dichtung, das wussten sie ja, erschloss sich dem Normalsterblichen nicht ohne Weiteres; wie hätte es auch anders sein können, da der Poet zweifellos einer Inspiration folgte, die ganz im Sinne des Wortes überirdischen Ursprungs sein musste.

Auch Salomon Hirzel hatte eigentlich gar nicht viel mitbekommen, arg ermüdet nach dem opulenten Frühstück und zu wenig Schlaf, zudem abgelenkt von dem üppig gefüllten Dekolleté des jungen Mädchens, das ihm zugeteilt war. Mit der Poesie hatte er es auch nicht gar so arg wie die meisten anderen, die einen Hang zur Versdichtung geradezu pflegten und ein rechtes Theater darum veranstalteten. Wobei er schon lange den Verdacht hatte, dass da einer sich bemüßigt fühlte, dem anderen nachzueifern. Alles in allem waren sie doch zumeist brave Kaufleute und lasen lieber Bilanzen, waren allenfalls noch dem wissenschaftlichen und philosophischen Vortrag zugetan (der dem menschlich-gesellschaftlichen Streben unbestrittener zuträglich war). Poesie war doch eigentlich vor allem etwas für Frauenzimmer. Immerhin war er noch besser daran als die Schiffer, die dem Geschehen staunend gefolgt waren, denen jedoch anzusehen war, dass sie kein Wort begriffen hatten. Freilich, wenn man nicht recht wusste, was es mit den *Seraphim* auf sich hatte … und zudem des Allgemeindeutschen nicht mächtig war …

Klopstock, der tiefen Berührtheit gewahr, in die er die Gesellschaft gestürzt hatte, zeigte sich bemüht, Mut zu spenden, indem er den Trost, der in seinen Versen sehr wohl eingebettet lag, für alle sichtbar machen half. Schließlich, sagte er, preise der Stammvater der Unsterblichen in seiner Rede die Sterblichen selig, einen Messias zu haben, der das größtmögliche Opfer auf sich nehme, die Gefallenen zu erretten.

Aber, führte Hirzel an, seien nicht diejenigen höher zu preisen, die eines Messias erst gar nicht bedurften, sie wieder aufzurichten?

Dies rief allgemeine Empörung hervor, ja, Fassungslosigkeit über solche Kurzsicht, welche die Gnade Gottes in Entsendung seines eigenen Sohnes nicht erkenne und zu würdigen wisse. Insbesondere Salomon Wolf ereiferte sich: Hirzel versteige sich hier entschieden, durch solcherlei unüberlegtes Klagen tadele er die Ordnung der Weltkette, die Gott in besserem Wissen als der Mensch und aus Gründen, die dessen Verständnis überstiegen, wohl gerichtet habe.

Er solle sich doch nur einmal umsehen, hieß es: Sei denn das Gute und Schöne in der Welt nicht dazu geschaffen, alles bestehende Elend zu überhöhen? Und sei dies nicht ein Sinnbild für die höhere Ordnung?

Dies musste Hirzel, schon um des Friedens willen, einräumen. Allenthalben gab man keine Ruhe, bis er eingestand, voreilig und allzu sehr aus einem Zustand menschlicher Unvollkommenheit heraus gesprochen zu haben, wie es sonst nur bei Kindern verzeihlich ist. Als er sich reumütig zum Lobe des Allergnädigsten äußerte und erneut seiner Dankbarkeit für das Geschenk dieses Tages Ausdruck verlieh, beruhigten sich die Gemüter so weit, dass man sich wieder anderen Dingen zuwenden konnte.

9

Der Vortrag hatte die gute Stimmung arg getrübt, man war sich bewusst geworden, dass auf Erden so manches Elend zu beklagen blieb. Worüber die eigene glückliche Lage an einem strahlenden Tag wie diesem trügerisch hinwegtäuschte. So kam man auf früh Verstorbene zu sprechen und auf Neugeborene, die dem gerade erst gewonnenen Leben entrissen wurden, ehe sie noch recht dessen Segnungen – oder nur die Gnade der Taufe – erfahren hatten. Was umso erschütternder ausfiel, da einige unter ihnen bereits derartige Verluste zu beklagen hatten.

Der Sturz in die Gefilde der Betroffenheit drohte abgrundtief auszufallen, es wurde höchste Zeit, gegenzusteuern und die entstandene Traurigkeit zu überwinden. Dies unternahm zunächst der Dichter selbst mit dem Hinweis, dass alles auf Erden der unergründlichen Weisheit des Höchsten unterworfen sei, der alles zum Besten bestelle – und an dessen großer Gnade man sich versündigen würde, wollte man den so großzügig gewährten Tag in seiner Pracht nicht gebührend wertschätzen.

Vor allem Johann Werdmüller unternahm es dann, die Gesellschaft wieder zu erheitern, und tat dies, mit seinem erstaunlichen komödiantischen Talent, nach Kräften. Mit seinem scheinbar unerschöpflichen Vorrat an Scherzsprüchen und -fragen war er dazu ausersehen, die Waagschale erneut zur allgemeinen Heiterkeit ausschlagen zu lassen. Woraufhin die Herren darin wetteiferten, Bonmots und Tollheiten zum Besten zu geben, um ihre Begleiterinnen zu unterhalten.

Klopstock suchte nun wieder das Gespräch mit seiner Daphne, was ihn aber nicht daran hinderte, sich wiederholt in die Nähe der Schinzin zu manövrieren und sich um ihre Gunst zu bemühen. Diese war seinem Vortrag mit großer Aufmerksamkeit gefolgt und hatte hernach ernst geschwiegen, offenbar noch sehr in Gedanken versunken.

»So habe ich Ihren Wunsch alsbald erfüllen können«, sagte er bei Gelegenheit. »Ich hoffe doch, zu Ihrer Zufriedenheit.«

Gewiss, sagte sie, und sie hätte noch stundenlang weiterlauschen können. Die unbeschreiblichen Leiden des Messias erfahrbar zu machen … Sie hoffe, er schimpfe sie nicht töricht, dass gerade dies etwas sei, was sie von klein auf beschäftige: dieses Leiden …

Nun, sagte er, das sei etwas, was jeden guten Christen dauern müsse.

Ja. Doch wie sie sich immer wieder – kindlich, töricht, gewiss – gewünscht habe, der Herr möge sich seines Sohnes erbarmen und ihm die göttliche Mission ersparen. Manchmal, als Kind, sagte sie, habe sie sich erträumt, eine zu sein, die Jesus auf seinem schweren Kreuzgang hinzuspränge, um ihm Wasser zu spenden. Ihm die Stirn zu wischen, ihm Mut zuzusprechen. Gar ihm die Dornenkrone zu lockern. Und dann sei die Fantasie mit ihr durchgegangen und sie habe sich erträumt, ihn zu befreien. Was doch Gott hätte tun müssen, wenn es ein guter Gott wäre. Aber sie wisse, das sei Menschendenken, das zeige nur die Unzulänglichkeit, den göttlichen Plan zu durchschauen. Dass wir uns immer wünschen, alles geschehe wie im Märchen. Dass Engel vom Himmel kämen, um die Peiniger Jesu zu strafen. Ihn vor dem Kreuze zu bewahren. Um Gutes zu tun, wie es Menschen mit reinem Herzen wohl anstände, damit jedoch zugleich die Erlösung der Menschen zu vereiteln, etwas, was viel größer und wichtiger sei, nur nicht begreifbar für Sterbliche in der Begrenztheit ihrer Auffassung. Gott möge ihr verzeihen, dass sie sich manchmal in einem dummen, unvernünftigen Zorn die Frage nicht versagen könne: wie Maria, die Mutter Jesu, das habe zulassen können. Warum sie sich nicht erhoben und vor ihren Sohn gestellt habe, die Frucht ihres Leibes, wie es eine Mutter doch gar nicht anders könne.

Klopstock, irritiert über den unerwarteten Ausbruch solch ernster Gedanken, beeilte sich zu antworten, was auf der Hand lag: Sie, Maria, durch himmlische Fügung wundersam makellos, habe mithilfe der göttlichen Gnade verstanden, welche große Aufgabe der von ihr Geborene zu erfüllen hätte.

Er an Abrahams Stelle, sagte sie, hätte er seinen eigenen Sohn im Feuer geopfert, wie es dieser bereit war zu tun? Natürlich, sie wisse es, darin zeige sich die Weisheit der Heiligen Schrift, dass bereits hier sich das ankündige, was später in Golgatha zur Erfüllung kommen musste: die Opferung des Sohnes zum Wohl der Menschen, in Erfüllung des göttlichen Plans. Und doch, sagte sie, könne sie es sich jedes Mal – wohl hundertmal habe sie jene Stelle gelesen – nicht versagen: Abraham für seinen Gehorsam gering zu schätzen. Sich zu wünschen, er hätte sich gegen Gott gewandt und ihm den Gehorsam verweigert. Alles getan, um das Leben seines Kindes zu schützen. Unvernünftig, ja, aber menschlich. Hätte nicht ein gütiger Gott genau das von ihm erwarten müssen: dass er eher bereit gewesen wäre, sein eigenes Leben zu opfern als das seines Sohnes? Hätte er damit nicht eine viel wichtigere Prüfung bestanden? Und habe er nicht – Gott vergebe ihr – in seinem blinden Gehorsam ausgesehen wie ein Dummkopf?

Sie verstummte, selbst plötzlich bestürzt über solche geradezu blasphemischen Überlegungen, blickte ihn fragend an, ob sie ihn, den in der Theologie so viel Kundigeren, nicht vielleicht brüskiere. Doch zu ihrer Erleichterung nickte er, ernst und nachdenklich.

Diese Fragen, sagte er, stelle sich jeder einmal, müsse sie sich stellen, um schließlich dorthin zu gelangen, wo es nur noch die Gewissheit gebe, dass man Gott vertrauen könne. Der über eine Weisheit verfüge, die unermesslich weit über das Menschliche hinausgehe.

Sie atmete einmal sehr tief und noch ein weiteres Mal, gut hörbar. Es scheine, sagte sie dann, dass zwischen ihnen eine geheimnisvolle Übereinkunft herrsche, einander sehr innige Dinge anzuvertrauen. Denn nie zuvor habe sie jemandem diese Überlegungen mitgeteilt. Und sie wisse sehr gut, dass dies die Zweifel und Gedanken eines Kindes darstellten. Das sie zu einem Teil wohl immer noch sei, auch mit siebzehn. Es seien Zweifel, die sie zu überwinden wisse, die aber immer wiederkehrten.

Solcherlei geistliche Fragen, sagte er, dürfe sie getrost den Theologen überlassen, sie solle sich darüber nicht zu sehr ihren schönen Kopf zerbrechen.

Sie schwieg, und wie ihm schien, leicht pikiert.

Ob er etwas Falsches gesagt habe?

Sei er denn der Meinung, dass tiefgehende Gedanken den Frauen nicht anständen? Ob nicht auch Frauen die Bibel verstehen lernen sollten? Und ob nicht auch ihre Ansichten etwas gälten?

Gewiss.

Ob er etwa finde, Klugheit sei bei Frauen verachtenswert?

Keineswegs.

Und könnten Frauen nicht ebenso klug sein wie Männer?

Nun, wie dem auch sei, die Aufgaben der Frau seien im Leben andere. Er schätze kluge Frauen, gewiss. Er schätze Bildung bei Frauen sogar außerordentlich. Doch ließen sich die Erwartungen, die Gott an die Geschlechter stelle, unzweifelhaft an körperlichen Beschaffenheiten ablesen.

Solle eine Frau nicht schon deshalb klug sein, um diese Klugheit an ihre Kinder weiterzugeben?

Klopstock verzog den Mund in die Breite – was alles und nichts heißen mochte.

Und wenn es einer Frau nicht gegeben sei, Kinder zu gebären? Stehe ihr Klugheit dann nicht umso besser zu Gesicht?

Dann, sagte er, könne sie immer noch eine aufopferungsvolle Ehefrau sein.

Aha, sagte sie.

Was, aha, fragte er.

Aufopferungsvoll. Und klug.

Er seufzte.

Seinetwegen.

10

Indessen war die Fahrt ein gutes Stück vorangegangen. Das Ufer zog beschaulich vorbei, auch das gegenüberliegende, dem sie jetzt näher waren als in der ersten Stunde, bevor sie Goldbach erreicht hatten. Auch die Alpen waren näher gerückt. Ihr Gespräch, das sie leise, schon beinahe verstohlen geführt hatten, immer im Bewusstsein der beobachtenden Blicke, wurde jetzt endgültig durchkreuzt und übertönt von den Mitfahrenden, welche Erörterungen anstellten, um Landhäuser und Dörfer an den Ufern zu bestimmen. Man wollte Klopstock auf dies und das aufmerksam machen und rief ihm zu.

»Häuser, Häuser, Häuser«, sagte Werdmüller, einen Arm schwenkend. »Überall das große Bauen. Wenn es so weitergeht, dann bauen sie noch den ganzen See zu.«

»Und dann noch so hässliche«, schimpfte Rahn. »Sehen Sie sich das an! Haben die Leute denn keinen Geschmack?«

»Ja, ja«, fiel Hirzel ein. »Schmucklos. Und für mein Darfürhalten allzu heutig. Man hält nichts mehr auf Tradition. Der Sinn fürs Feine geht verloren.«

Auch die ehrwürdige Madame von Muralt befand, dass es so etwas in ihrer Jugend nicht gegeben habe.

Weinberge zogen vorbei, und besonders die Herren gerieten ins Schwärmen über manchen guten Tropfen, den sie namentlich bestimmten.

Nun sah man den Augenblick gekommen, Fragen an Klopstock zu richten, er war das auf seinen Reisen durchaus gewohnt. Fragen nach seiner Heimat – wie es dort sei, welche Umgangsformen man pflege, bis hin zu Fragen der Mode (was die Damen interessierte) –, nach seinem Beruf, seinen Gepflogenheiten beim Ersinnen von Versen und dem Ablauf seiner Arbeit. Klopstock beantwortete sie artig. Auch wenn dergleichen bereits in den vergangenen Tagen verschiedentlich erörtert worden war.

So näherten sie sich ihrem Ziel, es ging gegen zehn, doch würde es nach Aussage der Schiffer noch eine gute Stunde bis zur Ankunft in Meilen (ihrer Station bis zum Nachmittag) dauern. Sogleich wurde Klopstock insbesondere von den Damen bedrängt, doch eine weitere Kostprobe aus dem *Messias* zu geben; daraus zu hören, noch bevor es im Druck für alle Welt erhältlich wäre, galt ihnen als außerordentliches Privileg.

Klopstock zierte sich nur kurz und rein pflichschuldig, in Wahrheit ließ er sich nicht lange bitten. So las er aus dem vierten Gesang die Episode von Lazarus und Cidli, die Geschichte einer unglücklichen, unmöglichen Liebe. Welche er mit besonderer Inbrunst – und offensichtlich auch mit einiger Betroffenheit – vorbrachte. Bis er zu der Stelle geriet:

Schöne Tränen, so still, so zitternd im Auge gebildet!
Wäre nur eine von euch um meinetwillen geweinet;

Eine wäre mir Ruhe gewesen! Ich klage noch immer,
Immer um sie! Mein Leben voll Qual, mein trauriges
Leben,
Ist noch immer von ihr ein einziger langer Gedanke!
O Du, welches in mir unsterblich ist, dieser Hütte
Hohe Bewohnerin, Seele, von Gottes Hauche geboren,
Du des Erschaffenden Bild, der nahen Ewigkeit Erbin,
Oder wie sonst Dich bei Deiner Geburt die Unsterblichen
nannten,
Red', ich frage dich, lehre Du mich! Enthülle das Dunkle
Meines Schicksals! Öffne die Nacht, die über mich
herhängt!
Red', antworte mir! Ich frage Dich! Müde, zu weinen,
Müde bin ich zu trauern in dieser Wehmut mein Leben!

Davon waren die Zuhörer beinahe noch mehr angerührt als bereits zuvor, und einige begriffen wohl, dass der Dichter hier seine eigenen Herzensleiden hatte einfließen lassen. Denn die unglückliche Liebe zu seiner angebeteten Cousine, der »göttlichen« Maria Sophia Schmidt, war hinlänglich bekannt geworden, da sie – als seine »Fanny« – bereits in Klopstocks Dichtung eingeflossen war. Schließlich war diese unglückliche Liebe einer der Gründe, warum er sich hier in Zürich befand.

Insbesondere Hirzel wusste um diese Dinge. Klopstock hatte seiner Schwermut in zahlreichen Briefen Ausdruck verliehen, eigentlich kannte jedermann die Geschichte. Er vergötterte diese Frau aus Langensalza, wo er als Hauslehrer Anstellung gefunden hatte, die Schwester des Vetters und Jugendfreundes Johann Christoph Schmidt. Doch dieses hartherzige Frauenzimmer machte keinerlei Anstalten, ihn zu erhören. Was verwundern musste. Schließlich, von einem wie Klopstock verehrt zu werden – darauf nicht einzugehen grenzte an Vermessenheit. War es doch keine große Weisheit, dass die Liebe gewöhnlich erst mit Vollzug der Ehe Knospen trieb; wenn erst ein gemeinsames Leben begründet war und der Kindersegen Früchte trug, dann stellten sich auch die Gefühle allmählich ein. Bei vielen Damen war freilich ein gutes Maß an Beharrlichkeit vonnöten, und Klopstock hatte es daran nun wahrhaftig nicht fehlen lassen, die Werbung ging nun bereits einige Jahre. Alles vergeblich, Demoiselle Schmidt hatte ein Herz aus Stein. Auch, dass Klopstock gleich den alten Minnesängern seine Liebe mit Versen in die Welt hinaustrug, hatte ihre Haltung nicht ändern können, es war hoffnungslos – wenngleich sich Klopstock weiterhin Hoffnungen machte. Er, Hirzel selbst, hatte ebenso wie Bodmer eine Vorstellung davon, in welchem Maße die vergebliche Werbung ihren Klopstock mittlerweile mitgenommen hatte. Die Einladung nach Zürich war unter anderem ausgesprochen worden, um Klopstock aus dem Elend der schieren Verzweiflung zu entführen, ihn auf andere Gedanken zu bringen. Ihm vielleicht durch die Bekanntschaft mit Damen der hiesigen Gesellschaft einen anderen Blick zu verschaffen. Zumal er selbst, auch Bodmer gegenüber, diesen Wunsch brieflich geäußert hatte: die Gesellschaft junger Damen zu finden, die Gruft seiner unerwiderten Sehnsüchte hinter sich zu lassen.

Das mochte mehr Gehabe sein als wahrhaftes Verlangen, denn so tiefe Gefühle, einmal gefasst, waren nicht leicht abzuschütteln, bei empfindsamen Seelen – zumal denjenigen von Poeten – waren sie fest verankert und dauerten am Ende ein ganzes Leben lang. Da hatte bereits so mancher in abgrundtiefer Verzweiflung Frevel an Gott begangen und sein Leben willentlich beendet. In Zürich war über die Angelegenheit einiges geredet worden, und man war übereingekommen, alles zu tun, um Klopstock seiner Melancholie zu entführen. Es galt, ihn aufzumuntern, ihm Lebensmut einzuflößen. Das hatte schon alles seinen Sinn: dass man ihn in weibliche Gesellschaft brachte, ihn mit ausgesucht schönen jungen Damen bekannt machte – und nun diese Lustfahrt veranstaltete. Wer wusste, ob sich dabei nicht weiter reichende Konsequenzen einstellen würden, als man sich zu erträumen wagte …

Wenngleich also unter den Zuhörern so mancher die Bezüge zu Klopstocks eigenem Werben und Scheitern erkannte, wagte doch niemand, daran zu rühren und das auszusprechen. Die Damen waren wie entrückt. Keiner ihrer Verehrer hätte vermocht, sich in solche Höhen sprachlichen Ausdrucks und emotionaler Inbrunst zu steigern, manche konnten nicht verhindern, den Dichter regelrecht anzuschmachten. Wer Dinge so sagen konnte! Unmöglich, eine solche Werbung nicht zu erhören. Jedem Mann galt es doch, äußerliche Unzulänglichkeiten durch besondere Hinwendung wettzumachen, so konnten auch die weniger Ansehnlichen ihre Angebeteten schließlich überzeugen. Wer beim ersten Anblick des lange herbeigesehnten Dichters aus Leipzig sein Gesicht eigentlich eher ungeschlacht und seine Gestalt schon aufgrund mangelnder Größe wenig imposant gefunden hatte, der sah jetzt diese Makel überstrahlt durch die Aura und Persönlichkeit, die aus seiner Dichtung sprach.

Zum Ausdruck der Begeisterung wurde nun auch manches lobende Wort gefunden. Johann Heinrich Schinz, der Theologe (der Namensvetter von Annas Bruder), sagte in eine eingetretene Stille hinein: Noch nirgends habe er die platonische Liebe so prächtig geschildert gesehen. Was allgemein mit Beifall bedacht wurde.

Doch wie erstaunt war man, als Klopstock dazu ein ernstes, schon betreten zu nennendes Gesicht machte und die Zustimmung mit einem heftigen Kopfschütteln erstickte. Nein, sagte er, die platonische Liebe sei hier nicht gemeint. Worum es ihm hier gehe, sei die denkbar zärtlichste Liebe zwischen den Geschlechtern, ausgerichtet auf eine lebenslange Verbundenheit, ja, auf eine Verbundenheit über den Tod hinaus.

Doch sei sie denn nicht auch platonisch, wagte der Kirchenmann, etwas verwirrt, zu fragen.

Nein, sagte Klopstock, ganz und gar Hingabe, aber von Art der aufrichtigsten und innigsten Liebe, die nur denkbar sei. Diese sei ungleich höher einzuschätzen als die platonische Freundschaft, denn um diese sei es Gott wenig zu tun, sie habe einen rein ideellen Wert.

So sei diese Liebe denn am Ende eine weltlich zu nennende?

Gewiss, denn Lazarus liebe seine Cidli ganz und gar! Mit jeder Faser seines Geistes wie auch seines Körpers – wie auch seiner Seele.

Der Theologe gab sich zögerlich. Nun gut. Wenn

sie fleischliche Begierden nicht gar zu sehr einschließe. (Mahnende Blicke von allen Seiten.)

Hier, erklärte Klopstock in aller Entschiedenheit, gehe es um eine allumfassende, die höchste, wahre Form der Liebe.

Woraufhin alle eifrig ihrer Geringschätzung für die platonischen Gefühle Ausdruck gaben und befanden, diese seien nun doch zweifellos untergeordneter Natur.

Schinz schwieg. Die Frauen waren hingerissen.

Schon geraume Zeit war das Dorf Meilen in Sicht, jetzt wurden Einzelheiten erkennbar, die Schiffer unternahmen die ersten Manöver zum Anlanden. Obgleich sie sich die Zeit prachtvoll vertrieben und durch die Lesungen des Dichters einiges an Erbauung erfahren hatten, waren nun alle froh, das Schiff zu verlassen. Die Sonne stand schon hoch, es war sehr warm, beinahe heiß geworden, die Herren schwitzten unter Perücken und Röcken und die Damen in den Kleidern. Einige hatten ihre Hauben aufgesetzt, als Schutz gegen die Sonne.

Werdmüller rief: Land in Sicht! Man wolle jetzt wacker darangehen, diesen unbekannten Landstrich zu erkunden.

Für einen Kaufmann hatte er wirklich eine blühende Fantasie.

11

Meilen, vier Stunden von Zürich entfernt und direkt am Seeufer gelegen, war auf den ersten Blick ein winziger Flecken, nicht mehr als eine schmucke Kirche und einige dahingestreute Häuser. Dahinter erhoben sich Weinberge, die jetzt, zur Wachstumszeit der Reben, einen schönen Anblick boten. Doch auch im Umkreis, am Hang und oben auf dem Hügelkamm waren Häuser auszumachen, und hinter der ersten Erhebung und die Ufer hinunter am See erstreckten sich weitere Ansammlungen von Gebäuden. Es gab einen Kramladen, eine Schmiede, einen Schneider und mehrere Wirtshäuser. Eines davon, der Gasthof »Zum Löwen«, lag gleich bei der Anlegestelle am See und bot einen prächtigen, höchst einladenden Anblick.

Oberhalb des Ortes erhob sich die Ruine der Burg Friedberg, deren Geschichte Jahrhunderte zurückreichte; Straßen und Wege führten von den Gassen um die Kirche in die Weinberge, darüber hinaus und zwischen ihnen hindurch; die Gegebenheiten verführten sogleich zur Erkundung des Geländes und zu Spaziergängen durch die sonnenbeschienene Landschaft.

Kaum waren sie dem Schiff entstiegen, war Klopstock

wieder in Anna Schinz' Nähe zu finden. Man sah sie mit ihm in gemeinsamer Betrachtung der Kirche und der Häuser auf der kleinen Uferpromenade, eine anmutige Gestalt in ihrem schlichten, zart blümchengemusterten Kleid von sachtem Beige. Rahn hatte sich schicksalsergeben in die Gesellschaft Hirzels und Werdmüllers und der ehrwürdigen von Muralt begeben, die schon bald im Baumschatten am Ufer Rast machte.

»Sehen Sie nur«, sagte Hirzel, an Werdmüller gewandt, als sie ein Stück abseits standen, »unser Klopstock scheint für heute seine Dame gefunden zu haben.«

»Ja, er scheint um die kleine Schinz Anna sehr bemüht. Glauben Sie, dass er ernsthaft ...?«

»Man sollte gewiss keine voreiligen Schlüsse ziehen. Doch ist er ihr offenbar recht zugetan. Nun, unser Plan scheint aufzugehen.« Hirzel grinste selbstzufrieden.

Werdmüller brummte unschlüssig. »Dann hätte er sich aber die sprödeste Blüte herausgepickt. Eine wahre Festung der Unnahbarkeit. Zudem ist sie doch ein wenig jung ...«

»Werdmüller, seien Sie nicht albern! Sie ist in einem guten Alter, geradezu recht, um Ehefrau und Mutter zu werden. Und aus respektablem Hause. Was könnte ihr gelegener kommen als die Gunst eines gerühmten Poeten? Sie müssen zugeben, eine reizvolle junge Person, finden Sie nicht?«

»Gewiss. Doch auch von einer gewissen Kühle und Geziertheit – wenn Sie mich schon fragen.«

»Hochanständig, gebildet, gut erzogen ... brav und fromm. Gerade so, wie eine gute Frau sein sollte. Sicher, ihr fehlt die sanfte Bescheidenheit Ihrer werten Gattin – Sie verstehen doch, Werdmüller, Ehre, wem Ehre gebührt –, doch wie Sie selbst sagen: Sie ist noch sehr jung und wird sich schon beizeiten in die Anforderungen fügen.«

Werdmüller hatte zu dem Kompliment für seine Gattin genickt, blieb aber ansonsten reserviert, offenbar nicht überzeugt.

»Wie dem auch sei«, sagte Hirzel daraufhin, »so Gott will, werden wir schon etwas Passendes für unseren Dichterfreund finden.« Er kicherte.

Denn wie sich die Dinge entwickelten, das passte vorzüglich in ihren Plan. Hoffte man doch insgeheim, er möge hier sein Glück finden. Verknüpft war damit die noch viel kühnere Hoffnung, er möchte am Ende gar in Zürich bleiben und hier eine neue Heimat haben. Das wäre ein Fischzug im Geiste ihrer ehrgeizigen Pläne, Zürich zu einem Zentrum der Künste und Wissenschaften zu machen! Sich das vorzustellen: Klopstock als geistiger Lehrer für kommende Generationen von Wissbegierigen, Begabten, hier in Zürich! Solche Brocken galt es an Land zu ziehen.

Morgen wollte der Dichter zu einem Abstecher nach Winterthur aufbrechen, unter Bodmers Fittichen, doch nur für einige Tage, und dann zurückkehren. Von einer baldigen Abreise war noch keinerlei Rede. Alles schien sich zu fügen.

Bis zum Mittagsmahl war noch reichlich Zeit, und so schwärmte man in kleinen Gruppen oder paarweise aus. Klopstock führte sein Mädchen das Ufer hinauf, man sah ihn gestikulieren und auf dieses und jenes deuten, während sie in einem gleichbleibenden, leicht wiegenden Schritt neben ihm herging und nur hin und wieder ein Stück den Kopf wandte. Allenthalben verfolgte man sie mit den Blicken, neugierig und unter einigen meist scherzhaften Kommentaren. Na, die habe ihm ja schön den Kopf verdreht! Die hätten sich ja allerlei zu erzählen! Der gute Klopstock habe wohl eine neue Muse gefunden! Bis sie den meisten außer Sicht gerieten.

Anna fühlte sich doch ein wenig unbehaglich, sich so von den anderen zu entfernen, allein mit dem Dichter, dessen erhabenen Vortrag sie eben noch vernommen hatte, sodass das Gehörte noch fortwirkte. Doch taten es ihnen einige gleich, meist paarweise, wie es für diesen Tag wohl vorgesehen war.

Nur dass sie nun eine Rolle besetzte, die ihr nicht gebührte …

Was sie habe, fragte Klopstock, sie sei so still.

Unwillkürlich waren sie stehen geblieben und blickten hinaus aufs Wasser.

Nun ja. Sie wisse nicht, ob das schicklich sei, sich derart von den anderen zu entfernen.

Schicklich?, fragte er. Wieso schicklich?

Schließlich werde er seiner Daphne ja untreu.

Nun, und? Sie sei ihm ja auch nur scherzhaft zugeteilt.

Sie selbst jedoch sei ihm gar nicht zugeteilt.

So finde sich vielleicht, was sich finden müsse. Ob es ihr denn unangenehm sei, in seiner Gesellschaft?

Nein, ganz gewiss nicht. So etwas solle er nicht denken.

Hätten sie sich nicht prächtig unterhalten, beim Landhaus, heute Morgen? Und zeige sie nicht eine ganz besondere Empfindsamkeit für seine Verse? Er habe nämlich beobachtet, wie ausnehmend andächtig sie gelauscht habe. Die Geschichte von Lazarus und Cidli habe sie wohl sehr ergriffen.

Ach, das sei herrlich gewesen! Sie sei noch ganz von dem Gehörten beseelt, fühle sich noch wie benommen.

Das sei etwas, was nur die Poesie zu bewirken vermöge. Der diese Eigenschaft zukomme: den Menschen entrücken zu können.

Wie auch das von der Kanzel gesprochene Wort.

Nun ja, gewiss.

Was seine Verse vermochten, habe sie bislang nur in der Predigt gefunden: eine selig machende Kraft, einen Zustand des höheren Empfindens der Dinge. Einsichten, Wahrheiten, die im Alltäglichen verborgen blieben. Als öffne sich eine Welt, deren Existenz nur zu ahnen gewesen sei.

Ihm scheine, dass auch sie eine poetische Seele besitze. Für ihr Alter habe sie ohnedies einen sehr klaren Verstand. Und im Übrigen erweise sie ihm zu viel der Ehre! Doch habe sie zweifellos recht, sowohl den Geistlichen wie auch den Dichter beseele eine besondere Inspiration. Folglich könne es für einen Dichter kein größeres Glück geben, als sich göttlichen Angelegenheiten zuzuwenden. In gewissem Sinne werde er damit zum Prediger und Verkünder.

Noch stärker als die Verse von Lazarus und Cidli – wenn sie das so offen sagen dürfe – habe sie allerdings die Dichtung um die unsterblichen Menschen ergriffen.

Das treffe sich, denn diese Passage empfinde er selbst

als eine der gelungensten und besten des *Messias,* soweit er bislang gediehen sei.

Sie habe darüber schon dann und wann nachgedacht: ob es noch andere Menschen gebe auf anderen Welten. Das sei ein Gedanke, der sie von klein auf beschäftigt habe, nachdem sie habe sagen hören, die Sterne seien Sonnen gleich der unseren. Und wenn es Sonnen seien, könnten dann nicht auch Welten existieren und auf ihnen andere Menschen?

Da Gottes Schöpfung unendlich und ewig sei in Ausdehnung und Dauer, sei das nicht auszuschließen, man brauche nur den nächtlichen Sternenhimmel zu betrachten, das gebe davon eine – wenn auch unzulängliche – Vorstellung.

Ja, genau das schildere er doch mit seiner Beschreibung der unsterblichen Menschen. Dass es dort oben, unendlich weit weg, noch andere gebe. Und dann der Gedanke: dass sie ewig lebten! Ganz unmöglich, sich das vorzustellen.

Ebenso unvorstellbar sei den Unsterblichen die Sterblichkeit.

Aber ein Leben, das immer weiter und weiter ginge …?

Er lachte leise auf. Nun ja, eben unvorstellbar.

Und dann: die ganze Welt, das All – unendlich. Es müsse doch schließlich alles einmal ein Ende haben.

Doch wenn es ein Ende hätte, was käme dann danach?

Sei es nicht auch denkbar, dass Gott mehrere Welten geschaffen habe?

Mehrere Welten …? Grundgütiger! Wie sie denn auf solche Gedanken komme!

Spürend, dass er sie erneut – und sehr eingehend – betrachtete, errötete sie.

Die Schöpfung, sagte er, wie auch immer im Einzelnen ausgeformt, sei etwas Einzigartiges, daran könne zumindest kein Zweifel bestehen.

Und doch gebe es in seiner *Messias*-Dichtung ein andersartiges Menschengeschlecht.

Dies sei mehr symbolisch gemeint, um darzustellen, was den Menschen durch den Sündenfall verwehrt geblieben sei.

Klopstock blies stoßartig Luft durch den leicht gespitzten Mund, beinahe ein Pfeifen.

So eine junge Dame habe er überhaupt noch nie gesehen. Nicht nur hübsch, sondern auch mit einem Kopf voller großer und verblüffender Gedanken.

Im Stillen war er froh, dass sie sich nicht zu der kindlichen – und bei Theologen allenthalben sehr gefürchteten – Frage verstiegen hatte, wer denn eigentlich Gott erschaffen habe.

12

Hirzel, der in Klopstocks Abwesenheit nicht arg beflissen war, sich um die ihm zugeteilte Begleiterin zu bemühen, nahm sich indessen Rahn zur Seite, der nun – ein weiteres Mal – seine Partnerin an den Mann des Tages verloren hatte.

»Kommen Sie, Rahn«, sagte er, »wir wollen uns einen Weg suchen und ein wenig die Schönheiten unseres Vaterlandes zu Gemüte führen, hier, wo es mit am schönsten und fruchtbarsten ist.«

Und so spazierten sie hangauf in die Weinberge, blieben immer wieder in Betrachtung stehen und fanden so manches lobende Wort für den Ausblick auf den See und die umliegende Landschaft, den strahlenden Tag und die schon gelungen zu nennende Unternehmung (wobei sie mit großer Erleichterung bedenkenlos in die gewohnte Mundart verfallen durften). Insbesondere Hirzel gab seiner Zufriedenheit Ausdruck; so schöne Tage wie den heutigen habe er zuletzt in Preußen bei seinem Dichterfreund Kleist erlebt. Um diesen und um Hirzels Besuch in Potsdam drehte sich nun eine Weile das Gespräch, Hirzel geriet in Fahrt und ins Schwärmen, bis er schon glaubte, seinen Zuhörer zu langweilen. Doch stellte er zu seinem Erstaunen fest, dass dieser durch manche Nachfrage Interesse bekundete.

Eigentlich hatte Hirzel dieses Gespräch nur aus Höflichkeit und recht oberflächlich führen wollen, wie es der Gelegenheit wohl zukam, doch als er so auf den Wert der Freundschaft zu sprechen kam, schien Rahn dieses Thema ganz offensichtlich zu berühren. Und wie erstaunt war Hirzel, als dieser ihm freimütig anvertraute, wie sehr er in der Vergangenheit unter dem Mangel an Freundschaft gelitten, dass es in seinem Leben sehr einsame Jahre gegeben habe. Nie sei es ihm leichtgefallen, Freunde zu finden, allzu oft habe er sich in Abgeschiedenheit von der ersehnten Gesellschaft anderer wiedergefunden.

Hirzel war verblüfft, welche Wendung das Gespräch genommen hatte. Er betrachtete Rahn, betrachtete ihn, wie man manchmal Menschen anschaut, die man doch eigentlich recht gut kennt – oder mindestens zu kennen glaubt. Um dann erst zu entdecken, wer das eigentlich sei. Er hatte ihn immer als Sonderling, als seltsamen Kauz angesehen, eigentlich nie viel von ihm gehalten.

In der Tat, Rahn war ein seltsamer Mann. Ein schlanker, fast drahtiger Kerl von beinahe dreißig, mit dunklem Haar unter einer aufwendigen Perücke. Immer ein wenig zu bunt und schrill gekleidet, ein Mensch, der auf sein Äußeres in einem Maße Wert legte, wie es eher den Frauensleuten anstand. Etwas steif und ungelenk, auf den ersten Blick, das Gesicht ausdruckslos mit scheinbar immer etwas müden Augen. In den Straßen drehten sich manchmal die Marktfrauen und Gassenjungen nach ihm um und feixten, ihnen erschien er wohl wie eine lächerliche Figur in seinem tadellosen, farbig auffälligen Zwirn und dem Dreispitz, der immer zu groß aussah für seinen recht kleinen Kopf. Und weil er nun auch ein wenig gestelzt und hochnäsig daherkam.

Ja, man konnte wohl manchmal den Kopf schütteln über Rahn, der zudem kein Blatt vor den Mund nahm und die Dinge geradeheraus sagte, wie sie ihm in den Sinn kamen. Häufig durchaus tölpelhaft, er legte nicht immer das nötige Feingefühl an den Tag. Manchmal machte er sich damit unbeliebt. Doch trug es ihm niemand lange nach. Er war als Kaufmann in die Fußstapfen einer langen Reihe von Vorfahren getreten, die sich alle der Fabrikation von Seidenstoffen gewidmet hatten, und hatte jüngst eine Erfindung gemacht, die ihm in der Ahnenreihe eine prominente Stellung zu verschaffen versprach. Es war ein neues, vereinfachtes Verfahren des farbigen Seidendrucks, das ihm im günstigen Fall einigen Reichtum einbringen mochte – sofern es ihm gelänge, diese Methode zu etablieren.

Im Übrigen war Rahn ein gebildeter Mensch, belesen, sehr gut im Französischen und höchst interessiert sowohl an klassischer als auch an neuer Literatur. Klopstock bewunderte er über die Maßen. Rahn war integer, und offensichtlich viel freundlicher als vermutet, wie sich nun vor Ort erwies.

Rahn war derjenige, der heute vielleicht am wenigsten mit den Gedanken bei der Sache war. So viel wusste Hirzel: Die geschäftlichen Dinge trieben ihn um, was aus der Firma, aus ihm selbst werden sollte, der noch unverheiratet war und jetzt, mit neunundzwanzig, das schnelle Verrinnen der Lebenszeit vielleicht erstmals bedrückend empfand. Es gab diese Zeiten im Leben, da wichtige Entscheidungen in der Luft lagen und da es galt, für sich selbst Scheidewege zu erörtern, Hirzel hatte dies beizeiten getan und vor wenigen Jahren die Weichen gestellt. Rahn jedoch schien den günstigsten Zeitpunkt dafür bereits verpasst zu haben. Auch hatte er an Klopstock andere Erwartungen und hoffte wohl, diesen für seine neue Methode des Seidendrucks zu begeistern und ihn bei seinen Geschäften einzuspannen. Wie es schien, hatte hier jeder seine Vorstellungen davon, wie Klopstock auf Dauer an Zürich zu binden sei.

Und nun dies: Rahn öffnete ihm seine Seele, offenbar froh, dass Hirzel ihn angesprochen und sich seiner angenommen hatte. Entpuppte sich als einer, der nach langen Jahren der Einsamkeit Freundschaft suchte, es dabei jedoch offensichtlich recht ungeschickt anstellte, denn Hirzel war dies bislang noch nie aufgegangen. Hatte er die Zeichen bloß nicht bemerkt? Hatte er am Ende – wie offenbar so viele andere zuvor – die seltsame, oft schroff anmutende Art Rahns fehlgedeutet?

Wie froh er sei, sagte Rahn, dass Schulthess ihn in den Kreis der *Naturforschenden Gesellschaft* eingeführt habe, die um die Förderung der Wissenschaften bemüht sei, dass er nun dazugehöre und seine Kraft ebenfalls dieser guten Sache widmen könne.

Was für ein gesegneter Tag, dachte Hirzel, an dem ihnen vergönnt war, den verehrten Klopstock in der ganzen eindrucksvollen Wohlfahrt seines Wesens zu erleben, und an dem er nun so unverhofft Gelegenheit fand, hinter der Fassade Rahns, den er bislang stets mehr belächelt als gewürdigt hatte, eine edle Seele zu entdecken.

Im Folgenden sprachen sie über die Angelegenheiten der Naturforschenden Gesellschaft, die er, Hirzel, die Ehre gehabt hatte, vor nunmehr vier Jahren mit zu begründen, über das bereits Erreichte (das sich sehen lassen konnte) und die ehrgeizigen Vorhaben, die es immer wieder zu diskutieren galt. Namentlich die Einrichtung einer umfassenden Bibliothek, die zukünftigen Generationen gebildeter Zürcher zur Erweiterung ihres Wissens dienen sollte. Die Institution eines botanischen Gartens (nachdem ein erster Anlauf in der Vergangenheit nicht weit geführt hatte). Maßnahmen zur Verbesserung der Zeitbestimmung – denn es konnte nicht weiter angehen, dass die Turmuhren der Stadt nur eine ungefähre Zeit anzeigten und nicht selten eine Viertelstunde aus dem Takt waren. Mit beinahe jugendlichem Eifer waren beide dabei zugange, und Hirzel hatte schließlich wahrhaftig den Eindruck, zu diesem Spaziergang mit einem Fremden aufgebrochen zu sein, ihn jedoch mit einem Freund zu Ende zu führen.

Und, dachte er, hat nicht auch dies letztlich Klopstock zuwege gebracht? Ist nicht auch dies am Ende ein Verdienst des Mannes, der ihre kleine Welt ohnehin über die Maßen bereicherte?

Kaum hatte ers gedacht, da erblickten sie hinter einer Wegbiegung eben diesen, Klopstock, im trauten Gespräch mit Salomon, Hirzels Bruder, unter einer uralten Eiche mit mächtiger, ausladender Krone. Dort lagen sie, hingestreckt wie alte Römer bei Tisch, die darauf warteten, dass man ihnen Wein kredenze.

Die Männer begrüßten sich mit überschwänglicher Freude, als hätten sie sich Monate nicht gesehen.

»Wie ich sehe«, sagte Hirzel, »haben Sie sich von Ihrer jungen Freundin losgesagt.«

Mehr notgedrungen, scherzte Klopstock, habe er sie der Gesellschaft der anderen Damen überlassen. Die nun vermutlich im Gasthaus bereits eine Erfrischung zu sich nähmen.

So parlierten sie denn zu viert über den Wert der Wissenschaften, den Umtrieb der naturforschenden Geister, die erhebende Wirkung der Naturschönheiten ringsum, und schließlich priesen ihrer drei die belebende Wirkung, die Klopstock mit seinen Eigenschaften unter ihnen spürbar machte. »Solche Geister benötigen wir hier«, sagte Salomon Hirzel beinahe feierlich, »um Schwung in unsere Angelegenheiten zu bringen und uns den Staub von den Köpfen zu blasen!«

Sodass Hirzel, kräftig unterstützt von seinem Bruder, sogleich den Plan fasste, seinen Kleist nach Zürich zu locken, den er bereits wiederholt eingeladen hatte. Andere Namen fielen, derjenigen, die die Brüder in Preußen kennen und schätzen gelernt hatten, auch solcher, denen sie persönlich nicht begegnet waren, und Klopstock versprach, daheim kräftig dafür zu werben, dass sie bereit wären, den Weg nach Zürich zu finden.

Ach, sagte Hirzel, zu träumen, dass sie tatsächlich kämen! Vielleicht sogar blieben und hier eine neue Heimat fänden!

Wobei Salomon, seinem Bruder, gleich gewisse Bedenken kamen. Nicht dass man das mit dem Zuzug von Ausländern in der Schweiz am Ende noch übertreibe! Dass man da gegebenenfalls zur rechten Zeit einen Riegel vorschieben müsse. Dachte er. Sagte aber nichts.

Vortrefflich war diese Runde, und man hätte noch lange so beieinanderhocken können, doch als andere, die noch weiter ins Ungefähre ausgezogen waren, auf ihrem Rückweg an der Eiche vorbeikamen, war die Zeit gekommen, sich ihnen fröhlich anzuschließen. Aus allen Richtungen sah man bald die Ausschwärmer zurückkehren.

Einige waren beim Gasthof geblieben oder bereits dort angelangt, und als man eintraf, saßen sie auf den Bänken vor dem Hause, in eifrigem Austausch. Rahn und Wolf waren mit dem jungen Schinz in eine Erörterung über englische Literatur vertieft, und nicht von ungefähr, hatte dieser doch mit Eifer Milton und Bunyan gelesen und natürlich Pope, wie auch die erzählenden Werke von zu Ruhm gekommenen Männern der Stunde, etwa eines Swift oder Defoe. Schinz sprach in glühenden Worten und unter heftig aufsteigender Wangenröte über jenes Buch, das sich *Robinson Crusoe* nannte und die Geschichte eines Gestrandeten auf einer Insel im Pazifik war, sehr abenteuerlich (und nach Klopstocks Einschätzung wenig erbaulich, eine Thematik ohne Zukunft), und begeisterte sich im Übrigen besonders für das neueste Werk eines gewissen Fielding, der, wenn man Schinz' Worten traute, ein aufgehender Stern am Firmament erzählender Dichtung zu sein schien. Soviel Klopstock verstand, handelte es sich dabei um die Geschichte eines Helden ungeklärter Herkunft und führte überhaupt zuweilen in äußerst zweifelhaftes Milieu. Dass die Werke des Herrn Fielding in deutscher Sprache noch nicht habhaft waren, kam ihm (der des Englischen nur vorgeblich – und eigentlich gar nicht – mächtig war) da einstweilen eher beruhigend vor.

Die Damen, allen voran die vermählten, waren in eine Debatte über Kindererziehung vertieft, welche schnell die Aufmerksamkeit aller eroberte. Sie schien sich um die Frage zu drehen, wie man es zuwege bringen könne, Kinder in ihren Eigenschaften zu veredeln. Die von Muralt führte dabei das Wort, denn als erfahrener Mutter räumte man ihr Vorrang ein, hatte sie doch zwei Töchter erfolgreich zu liebenswürdigen jungen Damen erzogen (während die Kinder der anderen Mütter sich zumeist noch im Säuglingsalter befanden).

Die moralische Bildung der Kleinen könne nicht früh genug beginnen, sagte sie, nicht erst, wie die meisten anzunehmen gewillt wären, im Alter einer erkennbaren Fähigkeit, Sprache zu erwerben.

Wie aber solle dies gehen, wenn die kleinen Würmer noch gar nicht fähig seien, entsprechende Anweisungen zu begreifen?, fragte Werdmüller.

Ob man schon Säuglingen behutsam den Charakter zu bilden in der Lage wäre, sorgte im Folgenden für einige Kontroverse.

Hirzel machte sich für die von Muralt stark: Es seien doch bereits im Alter von etwa drei Monaten Neigungen und ein gewisses Temperament zu erkennen – was freilich eine entsprechende Beobachtungsgabe erfordere. Schon in diesem frühen Stadium gelte es zu fördern oder mäßigend einzugreifen. Woraufhin seine Gattin bezeugte, bei ihrem einjährigen Kind manche aufsteigende böse Neigung durch das Missfallen, welches sie ihm zu merken gab, erstickt und durch die Liebkosungen, womit sie die gutartigen Züge belohnte, etwas in ihm genährt zu haben, was der allgemeinen Menschenliebe sehr ähnlich sei und was sich auch im Ausdruck seines kleinen Gesichts widerspiegele.

Nicht zuletzt, setzte der Theologe Schinz hinzu, habe auch das gute Beispiel der Eltern und Geschwister einen prägenden Einfluss. Auf diesem Wege lasse sich auch und vor allem die Christlichkeit im Wesen eines noch unfertigen Menschen verankern. Güte und Barmherzigkeit gelte es vorzuleben, andererseits aber auch, es an Strenge nicht fehlen zu lassen. Um von vorneherein jeder aufbegehrlichen Regung einen Riegel vorzuschieben.

Madame von Muralt nickte heftig. »Lassen Sie einem Kinde einmal etwas durchgehen …«, sagte sie warnend – wobei es unnötig war, den Satz zu beenden.

Im Weiteren ging es um die zuweilen hitzig erörterte Frage, inwiefern man kranke oder unleidige – etwa zahnende – Kinder die Nacht durchschreien lassen solle. Wer sie auf den Arm nehme und wiege, hieß es, gebe unvernünftig mütterlichen Gefühlen nach und begehe eine große Dummheit. Dem wurde heftig widersprochen mit dem Hinweis, dass es bei Kindern gut zu unterscheiden gelte, was Krankheit und Not sei und was bloße Willkür, doch nicht alle waren bereit, diesen Unterschied zu machen, erstens, weil die Grenze schwierig zu bestimmen sei, und zweitens, weil dieses Zuvorkommen letztlich in jedem Fall den Schaden anrichte, den es zu vermeiden gelte. Durch zu große Nachgiebigkeit, konstatierte Madame von Muralt mit der Gewichtigkeit ihrer höheren Lebenserfahrung, erziehe man seine Kinder zu wahren Tyrannen, man müsse sich nur mal die heutigen Kinder anschauen, wie die sich zuweilen aufführten, so etwas habe es zu ihrer Zeit nicht gegeben. Sie hätte als Kind noch gelernt, im Beisein Erwachsener eisern zu schweigen, aber heute hielten es manche Eltern ja offenbar nicht mehr für nötig, selbst anzuwenden, was man ihnen an guter Erziehung habe angedeihen lassen.

Werdmüller wollte das ins Scherzhafte ziehen und sagte, ein wenig könne man sie als Säuglinge doch plärren lassen, solange sie noch nicht sprechen könnten.

Aber die von Muralt verstand da keinen Spaß und ereiferte sich, dass es ja genau das sei: dass man zu dumm sei zu begreifen, dass hier schon die Wurzel allen Übels liege. Von klein auf müsse Kindern Mäßigung beigebracht werden, und wer sich als Säugling herausnehme, die Mütter durch Schreien zu regieren, der werde auch später sein Mundwerk nicht im Zaum halten können und dazwischenreden, kürzlich sei ihr das erst wieder vorgekommen, bei einem Besuch, da habe der kleine Unhold ihrer Schwägerin durch allerlei Zwischenfragen ein Gespräch ganz unmöglich gemacht. Und da, genau da sitze eben die Krähe in der Aussaat.

Und Pestalozzi, der Chirurg da am Hirschengraben, habe auch so einen kleinen Balg: noch keine fünf und schon vorlaut. Was solle aus so was einmal werden!

Jedoch sei Kind nicht gleich Kind, hieß es von anderer Seite, es gebe da ganz unterschiedliche Erfahrungen. Und bei Knaben sei das ohnehin noch etwas anderes.

Doch auch diese müsse man wohl kaum unnötig leiden lassen! Im Übrigen sehe man schon im Tierreich, dass Mütter auf die Klagerufe ihrer Kinder mit Hingabe eingingen. Man schaue sich nur die Hunde an.

Jetzt schlage es aber dreizehn! Man wolle ja wohl hier nicht allen Ernstes Tiere mit Menschen vergleichen!

Papperlapapp, ereiferte sich nun Hirzel. Fest stehe doch, dass man ernstlich Gefahr laufe, Kinder durch zu große Nachgiebigkeit im Charakter zu verderben. Insbesondere bei den Buben komme es darauf an, sie schon früh mit einer Festigkeit zu rüsten, die ihnen im weiteren Leben nur zugutekommen könne. Und sie nicht etwa zu verzärteln!

Was allgemein Zustimmung fand, besonders bei den Herren.

Ach, sagte Madame Werdmüller, erst solle man sie also firm machen und dann, nachdem man ihnen die Zärtlichkeit verweigert habe, die edlen Züge zutage fördern!

Woraufhin die Damen fortfuhren, das Thema anhand von selbst erlebten oder erfahrenen Beispielen zu erörtern.

Hirzel, des Debattierens um solche Frauenangelegenheiten müde, wandte sich nun ausgerechnet an Klopstock – der nicht alles verstanden und auch nicht recht zugehört hatte. Was denn er von alldem halte.

Das Thema, sagte dieser diplomatisch, sei so alt wie die Welt, es werde wohl fortbestehen und nie eine Lösung erfahren. Im Übrigen sei er, dem Vaterstande noch denkbar fern, wenig in der Lage, etwas beizutragen.

Hirzels Begleiterin, die vor Zeiten bereits die in allen Einzelheiten sehr schmerzliche Erfahrung eines Kindesverlusts gemacht hatte, war das Thema recht nahegegangen. Sie, der es trotz allen tief sitzenden Grams stets gelang, ein freundliches Gesicht aufzusetzen, kämpfte nun mit den Tränen, sodass man sich beeilte, das Gespräch zu beenden und zu den unverfänglichen Dingen (Landschaft und Wetter) zurückzukehren.

Hirzel sagte, das habe man nun davon.

13

Mittlerweile ging es gegen halb eins, die Sonne stand bereits im Zenit und brannte auf den Vorplatz des Gasthofs herab, und nachdem man sich mit allerlei Getränken erfrischt hatte, wurde es nun höchste Zeit, zu Tisch zu gehen.

Dieser war im angenehm kühlen Innern bereitet, in einem kleinen Saal, wo man die Tafel auf das Trefflichste gerichtet hatte. Es war reichlich gedeckt, mit edlem Geschirr und Besteck und schmucken Kristallgläsern, und sobald die Gäste Platz genommen hatten, brachten die Wirtsleute Krüge mit Wein. Was mit allgemeinem Johlen begrüßt wurde, denn der hiesige Wein war geschätzt, insbesondere die Herren hatten sich darauf schon seit geraumer Zeit gefreut.

Klopstock hatte an prominenter Stelle Platz genommen, nämlich mitten an einer der Längsseiten, zur Wand hin (die Kopfplätze blieben unbesetzt, dort wurden die Speisen herangeführt), zu seiner Rechten Hirzels Daphne, zur Linken jedoch (Rahn wiederum an ihrer anderen Seite) Anna. Das war rührig, ja, aufregend gewesen, als die ganze Gruppe in den Saal geströmt war: Anna war mit Rahn in seiner Nähe gewesen, und als die

Meute unvorhersehbar in Bewegung geraten war, um die Plätze zu besetzen, hatte er wie in einem Reflex nach ihrer Hand gegriffen – die diese bereitwillig, ohne jedes Zögern, in seine gelegt hatte. Und so, für die anderen kaum sichtbar, hatte er sie an die Tafel herangeführt.

Schweißperlen standen ihm auf der Stirn, aber es war nicht bloß die Hitze, sondern der Zauber dieses Augenblicks, der Eindruck der unverhofften Berührung, die so warm und schön und besonders gewesen war, sie brannte ihm jetzt noch auf der Hand. Ihre Hände hatten zueinandergefunden, es war wie ein kleines, süßes Geheimnis gewesen, so ganz von der Art, wie Klopstock es liebte. Als sie saßen, wagte keiner, den anderen anzusehen, aber beide blickten vor sich auf den Tisch, ganz im Bewusstsein, dass auch der andere es nicht wagte.

Kaum saßen alle, wurde der Wein kredenzt und man prostete einander zu. Unter großem Lärm wurden Trinksprüche laut, auch »auf unseren Klopstock«, die Herren schwenkten übermütig ihre Kelche, dass es eine Freude war, die Damen hielten sie gesittet hoch, wie es sich schickte. Dann tranken alle, und es erhob sich ein begeistertes Ah und Oh; darauf hatte man den ganzen Vormittag gewartet.

Den Speisen wurde mit großem Appetit zugesprochen, denn seit dem Frühstück waren nunmehr sechs Stunden vergangen, und obwohl die Hitze dem Bedürfnis nach Sättigung eigentlich wenig zuträglich war, hatte der Aufenthalt an der frischen Luft doch hungrig gemacht. Der Appetit kam spätestens beim Essen, zumal im kühlen Saal des Wirtshauses. Fasan, Rehrücken, Hammelkeule, Klöße und Pflaumenmus mundeten köstlich, und dazu floss der Wein in Strömen. Bald war die Gesellschaft lustig gestimmt und rückte abermals nicht bloß räumlich zueinander. Allerseits erging man sich lautstark in satirischen Scherzen, die Herren versuchten sich im Ersinnen der Bonmots förmlich zu überbieten. Salomon, Hirzels jüngerem Bruder, stieg der Wein bald sehr zu Kopf, was Anlass zu reichlich Spott gab; den ganzen Tag noch würde er sich dafür hänseln lassen müssen. Er bat – mit schwerer Zunge – um Verzeihung, er sei im Weintrinken nicht bewandert. Daraufhin wurde ihm bis auf Weiteres Abstinenz verordnet.

Als das Mahl beendet war, saß man noch einige Zeit in der Runde, trank und scherzte, doch mischten sich bald auch leisere und nachdenkliche Töne ins Gespräch, wie es unter dem Einfluss des Weines oft der Fall ist; eine gewisse Melancholie hielt Einzug. Man gedachte der abwesenden Freunde, die man gerne zugegen gewusst hätte, trank auf ihr Wohl und würdigte sie durch Anekdoten und Berichte von Erlebnissen, die das Charakteristische ihrer Persönlichkeiten so recht zum Ausdruck brachten. An Bodmer wurde erinnert und an diejenigen Dichter, die einigen von ihnen gut vertraut oder doch wenigstens durch Berichte bekannt waren: hoch geschätzte Männer wie Kleist, Gleim und Ebert. Jeder schien seinen Beitrag leisten zu wollen, und so wurde das Glas auch auf andere, regionale wie auch weithin berühmte Persönlichkeiten erhoben. Sogar Johann Sebastian Bachs gedachte man, des musikalischen Genies, welcher, wie man wusste, in Leipzig seit geraumer Zeit krank darniederlag, kaum noch im Besitze seines Augenlichts, und trank auf sein Wohl.

Schließlich kam dann jemand auf die Idee, sein Glas auf eine zu erheben, von der man annehmen durfte, dass Klopstock sie schmerzlich in dieser Runde vermisste: die von ihm angebetete und in glühenden Versen besungene »göttliche« Schmidt. Die nun allerseits artig mit Lobeshymnen bedacht wurde. Nur Hirzel knirschte ein wenig mit den Zähnen und fragte sich, ob das hatte sein müssen, denn immerhin war diese Fahrt, ja, der ganze Besuch Klopstocks in Zürich darauf angelegt, die »göttliche« Schmidt vergessen zu machen. Im Stillen verfluchte er die Wirkung des Weines, der Zungen gar zu sehr lockert.

Klopstock jedoch schien nicht pikiert, wenngleich über seine Gesichtszüge merklich ein Schatten fiel. Er dankte allen herzlich für die guten Worte und die Ehre, die sie der geschätzten Dame erwiesen. Um dann jedoch, zu Hirzels Erleichterung, nachdem Ernst und Melancholie allzu sehr in ihrem Kreise eingekehrt waren, ein Lachen aufzusetzen und zur Fröhlichkeit zu mahnen; es sei nun genug der sinnigen Sprüche. Vielleicht, dachte Hirzel bei sich, wollte Klopstock so auch eine gewisse Peinlichkeit der Situation überspielen.

Also erging man sich wieder in Fröhlichkeit. Da so mancher sich längst einen Schwips angetrunken hatte, war das nicht schwierig zu bewerkstelligen. Die Damen hatten gerötete Wangen, was ihnen entzückend gut stand, auch die Herren hatten, nicht zuletzt vor herzhaftem Lachen, rote Gesichter.

Schon während der Mahlzeit hatte sich im Zuge der Heiterkeit verschiedentlich Schulter an Schulter gelehnt, hier und da hatte ein Männerarm beherzt die Taille der

Nachbarin umfasst. Johann Heinrich Schinz, Annas Bruder, war seiner lebhaften Schönen deutlich nähergekommen; der Wein hatte ihr Temperament noch beflügelt und ein schallendes Lachen hervorgelockt, so wie er allgemein die Hemmungen verscheuchte. Zwischen Keller von Goldbach und seiner stolzen Grazie fielen glühende Blicke.

Und Salomon Wolf hatte der kleinen Anna Keller doch wahrhaftig zugezwinkert.

14

Nach dem Essen, das war beschlossen, sollte es weitergehen auf die andere Seite des Sees, zur Halbinsel Au. Diese war ganz bewaldet, versprach also kühle, schattige Plätze, Natur und den Blick aus einer anderen Perspektive. Dort wollte man den Nachmittag verbringen und gegen Abend vor der Rückfahrt noch einmal eine Erfrischung zu sich nehmen.

Vom Wein erhitzt und guter Stimmung, begab man sich zurück an Bord. Die Ordnung war dabei ein wenig verloren gegangen, wenn sich auch Klopstock noch pflichtgemäß nah bei der Daphne hielt. Die Hitze war jetzt arg, doch ein kühlender Wind sorgte für Linderung, der gleichzeitig auch die Segel blähte, sodass die Schiffsleute auf ihren Bänken sitzen und dem munteren Treiben zusehen konnten. Freilich eher verstohlen und vorgeblich unverwandt um Segel und Taue bemüht. Sie blickten sich zuweilen vielsagend an; die Gesellschaft war jetzt deutlich lauter geworden, einige der Herren (und auch manche Damen) hatten ein wenig zu eifrig dem Wein zugesprochen.

Während die einen sich beflissener als zuvor ihrer Partnerin widmeten, ergaben die anderen sich ihrem

Schicksal und lockerten die Bande. Rahn saß jetzt nicht einmal mehr in Annas Nähe, auch verfielen einige der Damen in die bei solchen Gelegenheiten eigentlich übliche Gruppenbildung der Geschlechter und scharten sich um die ehrwürdige von Muralt.

Plötzlich verfiel man aufs Singen, und wie sich sofort herausstellte, hatte eines der Mädchen eine so reine und glockenhelle Stimme, dass alle einmütig verstummten, um ihr zu lauschen. Sie sang ein Lied, das erheiterte und doch ans Herz ging, vor allem, weil der Gesang so ausgesucht kraftvoll war. Dem Vortrag folgte heftiger Beifall, und Klopstock zeigte sich fassungslos ob solcher ganz unvermuteter Kunstfertigkeit; die besten Opernsängerinnen, sagte er, könnten da nicht mithalten, und er habe deren schon einige gehört. Ein Lob, das von allen Seiten bekräftigt wurde und die Sängerin ganz verlegen machte. Die anderen Damen wurden animiert, es der Virtuosin gleichzutun, doch sie zierten sich nicht wenig, was nach dieser Darbietung allerdings kein Wunder war.

Den See zu überqueren nahm nicht viel Zeit in Anspruch, und noch während alle Überredungskünste aufgebracht wurden, den Widerstand zu brechen, war die Überfahrt zu Ende. Im Eifer war unbemerkt geblieben, wie weit man sich dem anderen Ufer bereits näherte.

Der Anblick, der sich den Lustfahrern hier bot, war überwältigend. Hier war kein Dorf, kein Haus in Sicht, nur die reine Natur. Eichenwald, licht bei den sandigen Uferpartien, etwas dichter im Inneren, prägte das Bild, ein Meer von sattem Grün. Beinahe wild und unberührt wirkte dieser Landstrich, im Gegensatz zu den befestigten und bebauten Partien mit Weiden, Feldern und Weinbergen, an denen zumindest eine Uferstraße oder ein Weg sich entlangzog. Hinter dem breit in den See ragenden Landstück waren im Anfahren von ferne einige Häuser zu sehen gewesen, doch diese waren jetzt außer Sicht, da der vordere Teil der Halbinsel sich leicht hügelig erhob. Wie eine Insel lag die kleine Landmasse da, war eine solche in Vorzeiten vielleicht auch gewesen, doch nun auf breiter Front mit der dahinterliegenden Uferlinie verwachsen. Man wusste, dass es hier, ein Stück abseits, ein altes Landgut gab, eine Villa in venezianischem Stil, mit dazugehörigem Weiher und Weinberg, doch blieb der Blick darauf verwehrt. Weithin nichts als Bäume, und aus dem lichten Geflecht ihrer Kronen wurde die himmlische Stille nur von allerlei Vogelstimmen durchbrochen.

Eine freie Stelle am Ufer, von den dahinter aufragenden Eichen angenehm überschattet, wurde sogleich zum Schauplatz des für später anberaumten Mahls erkoren. Dort würde man die mitgebrachten Speisen ausbreiten, dort wurde der Wein an schattiger Stelle im Seewasser gekühlt.

Sitzend, auf den Bänken des Schiffs, hatte diesen oder jenen bereits eine bleierne Müdigkeit befallen, man musste sich hüten, bei dieser Hitze und zu einer dafür nur allzu passenden Tageszeit nicht unversehens einzuschlummern. Doch schwärmten nun alle munter aus.

»Lasst uns alles erkunden!«, hatte es geheißen, die jungen Damen hatten freudig in die Hände geklatscht. Der zuweilen etwas alberne Werdmüller hatte Warnungen ausgegeben, sich vor der Urbevölkerung in Acht zu nehmen, deren Vertreter hier im Dickicht lauern mochten, und erzählte Räuberpistolen von südamerikanischen Wilden und ihren Giftpfeilen. Während die einen zögerlich und gemessenen Schrittes an den Ufern entlangstreunten, gingen andere forsch, ja, liefen gar übermütig in den Wald hinein, allen voran Klopstock, der gar in eine jungenhaft hüpfende Gangart verfiel, an der Hand seine schöne Anna, die es ihm gleichtat, so gut es in dem bauschigen Kleid ging, und gleichsam in seinem Kielwasser die Daphne, auch sie freudig erregt und guten Mutes und jetzt wohl doch bereit, ihre Sangeskünste unter Beweis zu stellen, jedenfalls hörte Hirzel sie, seine Gattin, Albrecht von Hallers Ode *Doris* intonieren, mit Klopstocks Hilfe, der dann und wann helfend in die Worte einfiel, soweit er sich ihrer erinnerte. Das machte sich gut in dieser idyllischen Umgebung.

Singend hüpften und gingen sie fort, und Hirzel versuchte wohl, mit ihnen Schritt zu halten. Doch geriet er bald außer Atem und fühlte die Hitze lähmend auf seinen Gliedern lasten. Auch wurde ihm schummrig, der Schweiß brach ihm aus, sodass er seinen Schritt verlangsamte und schließlich ganz zum Stillstand kam. Die anderen zu rufen wollte er lieber unterlassen. Wie hätte das ausgesehen, wenn er sich wie ein Großvater von ihnen erbeten hätte, Rücksicht zu üben und ihren Lauf zu verlangsamen? Stattdessen machte er kehrt und begab sich auf die Suche nach Rahn, der in Ufernähe zurückgeblieben war.

Dieser inspizierte dort das Terrain und war bereits wieder in eigene Gedanken versunken, wie es seiner Art entsprach. Stets befangen im Ersinnen – zuweilen sehr abenteuerlicher – zukünftiger Möglichkeiten, beflügelt durch den um sich greifenden Gebrauch erst jüngst entwickelter Spinn-Maschinen, die Anlass zu kühnen Hoffnungen gaben. In seiner Gedankenwelt der Fadenstärken und Maschendichten hing er soeben dem für ihn selbst überraschenden Gedanken nach, das Gewebe, etwa von Seidenstrümpfen, so fein (und am Ende – nur wie? – auch dehnbar) zu machen, dass es nachgerade transparent, ja kaum wahrnehmbar erschiene. Was besonders bei den Damen einen schönen Effekt zeitigen mochte. Doch wurde er nun jäh aus seinen Erwägungen gerissen.

»Mein guter Rahn, Gott sei Dank, Sie sind noch da!«

»Hirzel, du meine Güte! Sie sind ja ganz blass! Ist Ihnen nicht wohl?«

»Ach, diese Hitze! Diese ewige Hitze! Da krähen die Leute immer nach einem schönen Sommer, aber wenn Sie mich fragen, mir wären einige Regentage sehr recht, schon allein im Sinne der Landwirtschaft. Wenn auch nicht gerade heute, wo wir unseren Klopstock … Uh, mir ist ganz schwindlig!«

»Kommen Sie, kommen Sie, wir setzen uns hier am Ufer nieder, da, auf die Steine! Nur ruhig, atmen Sie durch! Ein Sonnenstich, wie mir scheint. Nicht ungefährlich!«

»Ach, Rahn, nun lassen Sie schon! Der Doktor bin ja ich. Und so arg schlimm wird es nicht sein. Lassen Sie mich nur eine Weile niedersitzen … und etwas ausruhen.«

Rahn half ihm, den Rock auszuziehen und die Knöpfe der Weste zu öffnen. Dann tunkte er eilfertig ein Schnäuztuch ins Uferwasser und wischte Hirzel damit über Stirn und Wangen.

»Sehr brav, mein guter Rahn, ich danke recht schön! Da geht es gleich besser. Nur ein wenig verschnaufen und mal eine Zeit lang aus der glühenden Hitze heraus. Ja, hier ist es angenehm. Vielleicht, wenn Sie mir einen Schluck Wasser verschaffen ...«

Rahn brachte ihm Wasser und half ihm so nach Kräften, wieder zu Atem und Gesichtsfarbe zu kommen; es dauerte freilich eine Weile.

»Sind Sie auch sicher ...? Soll ich nicht doch die anderen rufen?«

»Unterstehen Sie sich!«

»Wo sind überhaupt alle?«

»Da in den Wald hinein, Klopstock voraus. Ich wollte ihnen nach, aber ... nun ja. Sie werden schon wiederkommen. Ich hoffe, es macht Ihnen nicht recht etwas aus, mir hier Gesellschaft zu leisten ... mit mir sozusagen den Alten zu machen.«

»Nun, meiner jungen Begleiterin bin ich ja endgültig beraubt«, sagte Rahn mit etwas säuerlichem Grinsen.

»Ja, unser Klopstock ... Der hat bei den jungen Damen halt einen Stein im Brett. Die kleine Schinz hat es ihm angetan, das hab ich gleich gemerkt.«

»Konnte einem auch schwerlich entgehen.«

»Aber, Rahn, mein Guter, Sie sind doch darüber nicht aufrichtig böse?«

Rahn entfuhr ein kurzes Lachen. »Aber wie denn, böse? Ich gönne es unserem lieben Klopstock von Herzen. Die Schinz ist ein nettes kleines Ding, aber fast noch ein Mädchen, für mich nun doch viel zu jung, und Sie wissen doch, lieber Hirzel …«

»Ja ja, gewiss. Gewiss.« Rahn hatte andere Ambitionen, das war bekannt.

Jetzt leistete er Hirzel Gesellschaft, beeilte sich unermüdlich mit dem befeuchteten Tuch, bis dieser sich wieder wohl befand und Seufzer der Erleichterung vernehmen ließ. Man kam überein, dass er die Sonne von nun an zu meiden hätte. Die jetzt immerhin allmählich tiefer sank. »Gell, Rahn, wenn die anderen kommen, dann wollen wir aber über die Angelegenheit Stillschweigen bewahren und keine große Sache daraus machen.«

Das gelang umso besser, als auch andere Herren sich mittlerweile (manche bereits auf dem Schiff) ihrer Röcke entledigt hatten und sichtbar unter der Hitze litten.

Bald erschien auch Klopstock mit den Damen und einigen anderen, die sich ihnen angeschlossen hatten, und er war so angefüllt von übermütiger, strahlender Begeisterung, dass es eine helle Freude war, ihn so zu sehen. Seine Gefühle waren derart im Überschwang, dass er um (den jetzt wieder stehenden) Hirzel herumsprang, ihm mit einer rührenden Herzlichkeit für die »schöne, schöne Fahrt« dankte und ihn gar auf die Wange küsste. Hirzel war davon so gerührt, dass noch lange ein stilles Lächeln auf seinem Gesicht erhalten blieb.

Erhitzt, mit roten Wangen, ergriff Klopstock die Daphne, wie zum Tanze, drehte sich mit ihr im Kreis zu einer unhörbaren Musik, ließ sie fahren und angelte nach der hübschen Magdalena Werdmüller. Wiegte auch sie in seinen Armen und summte übermütig eine Melodie, bevor er sie wieder gehen ließ.

»Oh, Freude!«, rief er, drehte sich im Kreis, mit ausgebreiteten Armen, »Oh, Freundschaft!« Bis ihm so schwindlig war, dass er das Gleichgewicht verlor und ins Stolpern geriet. Hätte ihn Rahn nicht unter lautem Lachen und Johlen der anderen aufgefangen, wer weiß, er wäre am Ende im See gelandet.

15

Indessen, während die Rundreise auf dem See im Gange war, schritt Johann Jakob Bodmer in dem geräumigen, für Besucher so imposanten holzgetäfelten Studierzimmer seines Hauses auf und ab und grübelte.

Da befand sich der *Messias*-Dichter nun auf seiner ersehnten Lustfahrt, um sich mit dem jungen Volk zu vergnügen. Sich an einem Donnerstag (einem Tag des Gebets!) einen rechten Feiertag zu machen. Den lieben Gott einen guten Mann sein zu lassen. Da hatte er seine ersehnten Frauenzimmer! Gleich reihenweise. All die jungen Zürcher, mit denen er so schnell Freundschaft geschlossen hatte. Ihn, Bodmer, hatten sie gebeten mitzukommen, jedoch so überdeutlich höflich und pflichtschuldig, dass er sich nur umso mehr einer Sache verweigert hatte, die für ihn bloßer Zeitvergeudung gleichkam. Sich dort einreihen und den Reigen der Lustbarkeiten fördern helfen, das hätte noch gefehlt!

Im Haus war es jetzt still. Stiller als in den vergangenen Tagen. Wieder so still wie vor Klopstocks Ankunft. Wenn es auch keinen großen Unterschied bedeutete. Denn arg hatte sich der Besucher nicht bemerkbar gemacht. Und dieses Haus war so überaus, so erschreckend still.

Als Klopstock eingetroffen war, hatte Bodmer es kaum erwarten können, mit ihm zu reden, ihn in die Gespräche zu verwickeln, die sich in seinem Kopf schon lange anbahnten. Er war es müde gewesen, sich diese Unterredungen auszumalen: was er ihn alles fragen und was der andere antworten würde. Bodmer hatte sich kindlich gefreut, Klopstock endlich dazuhaben und ihm alles zu zeigen: sein Haus, seine Bibliothek, all die gesammelten Bände Poesie, Philosophie und Geschichte, einiges davon kostbar und beinahe unbezahlbar – gerade wenn man nicht nur die materiellen Werte in Betracht zog. Zürich hatte er Klopstock zeigen wollen, die ganze Umgebung, hatte ihn einführen wollen in die Gesellschaft der ehrwürdigen Männer, die so darauf brannten, ihn kennenzulernen. Er hatte ihn begrüßt mit aller Herzlichkeit, derer er nur fähig war, mit einer Begeisterung, die Klopstock kaum erwidert hatte. Er hatte sich freudig gezeigt, doch ohne rechte Überzeugung, die Begrüßung war eher höflich ausgefallen. Sicher, er kannte ihn, Bodmer, noch nicht, es war kein Wiedersehen alter Freunde (auch wenn Bodmer, sehr einseitig, ein solches Gefühl bereits empfand), und Klopstock war müde von der tagelangen, strapaziösen Reise gewesen. Vor allem Letzteres hatte ihn fraglos entschuldigt. Bodmer hatte sich am Abend, als Klopstock sich, recht früh, zurückgezogen hatte, noch dafür gescholten, dass es ihm nicht gelungen war, seine hohen Erwartungen und seine Begeisterung besser zu zügeln. Doch auch am nächsten Morgen und den darauf folgenden war es nicht anders gewesen.

Am ersten Besuchstag hatte es zwangsläufig sehr viel zu berichten gegeben, der Fragen waren unendlich viele, doch im Wesentlichen wurde hier bloß rekapituliert oder vertieft, was zuvor schon in der schriftlichen Korrespondenz Erörterung gefunden hatte. Schnell stellte sich heraus, dass Bodmer Klopstocks Leben und Verhältnisse so gut kannte, dass dem kaum wirklich Neues hinzugefügt werden konnte. Entsprechend schien Klopstock Gespräche über diese Dinge – seinen Werdegang, sein Studium, die vergebliche Werbung um seine verehrte Cousine – eher lästig zu finden und zeigte sich dafür nicht sehr aufgeschlossen. Auch hatte Bodmer seine Bewunderung für Klopstocks poetische Leistungen bereits hinreichend brieflich verlauten lassen, sie in Worten, aber auch in Taten bewiesen. Die Lobeshymnen jetzt zu wiederholen bekam etwas Fades, das hatte sogar er selbst empfunden. Auch erhielt er bald den Eindruck, dass Klopstock mit Bewunderung für sein Schaffen reichlich gesegnet sei und dessen kaum noch bedürfe, es schien gar, als habe der vielfältige Zuspruch ihn bereits verwöhnt und ein wenig hochnäsig gemacht. Jedenfalls zeigte er für großes Lob wenig Interesse.

Eine Woche war Klopstock jetzt hier, und diese Zeitspanne hatte ausgereicht, seine, Bodmers, Vorstellungen und Hoffnungen gründlich zu zerstören. Was er von fern über den jungen Dichter gehört und erfahren hatte, musste zu größten Hoffnungen Anlass geben. Bodmer hatte seinen Werdegang mit wachsendem Interesse verfolgt, nachdem er von den ersten Teilen des *Messias* Kenntnis erhalten hatte. Dieses Versepos in seinen bislang vollendeten Gesängen war nichts weniger als eine künstlerische Offenbarung, eine Sensation, und entsprechend hatte es die literarische Welt in Aufruhr versetzt. Mit überschäumender Begeisterung, aber auch mit gröbster Ablehnung war man dem Werk begegnet. Klopstock war das in der Poesie kaum Denkbare gelungen: die Inhalte des christlichen Glaubens und der Heiligen Schrift dichterisch umzusetzen und gar auf eine höhere Ebene zu übertragen, neue Gestaltungen, neue Dimensionen zu erschließen und damit dem Publikum – und nicht nur dem hoch gebildeten – die Glaubenslehre anders näherzubringen, als es die Theologen auf ihre Art vermochten. Klopstock war Theologe *und* Dichter, besaß Wissen und die Inspiration, dieses auf die Ebene der Kunst zu transformieren. Und wie er das tat, war unerhört. Mit einer Fantasie, die den alten Meistern der Antike (allen voran Homer) alle Ehre machte. Mit einem Sinn für die Sprache, für die Kraft des einzelnen Wortes, mit einer Empfindsamkeit, die man in der deutschsprachigen Literatur noch nicht gesehen hatte. Noch jung war dieser Dichter, zeigte noch Unfertigkeiten, gewiss, doch umso mehr galt es, ihn zu fördern und ihm die Möglichkeiten zu eröffnen, die er verdiente.

Das hatte er, Bodmer, nach Kräften getan. Hatte den ihm bekannten Gelehrten vom *Messias* Kunde gegeben, ihn europäischen Hoheiten empfohlen und sogar ein Exemplar an den Prinzen von Wales gesandt. Hatte sich für den Druck überarbeiteter Fassungen derjenigen Teile eingesetzt, die bislang erschienen waren, und hatte Klopstock mit Rat zur Seite gestanden, wie seine weitere Laufbahn für ihn so einträglich wie möglich zu gestalten wäre. Hatte an Gleim geschrieben, er möge sich dafür einsetzen, dass man Klopstock vor Schul- und Kanzelarbeiten bewahre, damit er sich voll und ganz der Dichtung widmen könne. Denn nichts hinderte das Genie so sehr wie die Anforderungen des alltäglichen Lebens und insbesondere des bloßen Lebensunterhalts. Klopstocks Oden und sein *Messias* waren Wasser auf seine und seines Freundes Breitinger Mühlen gewesen, die genau eine solche dichterische Revolution gefordert hatten, gegen den Widerstand des altmodischen Dichterfürsten Gottsched in Leipzig, der für eine altbackene, längst überkommene, der reinen Vernunft und Schlichtheit geschuldete Dichtung einstand, eine Dichtung, in der das Aufblühen der Fantasie verpönt war. Entsprechend hatten Gottsched und seine Schergen den *Messias* scharf kritisiert und waren mit allen nur zu Verfügung stehenden Mitteln dagegen vorgegangen, hatten nicht nur vernichtende Zeitungsartikel verfasst, sondern auch Parodien und Spottschriften der übelsten Art. Hatten gar blasphemische Elemente darin zu entdecken gemeint und die wahre Gottesfürchtigkeit des Dichters angezweifelt. So konnte ihrer Ansicht nach niemand schreiben, der recht an den Herrn und die christliche Lehre glaubte, nicht in solchen Bildern, in solchem poetischen Überschwang, nicht indem er sich dazu verstieg, die göttliche Schöpfung, den Weltraum nach eigenen Vorstellungen auszuformen.

Gottsched, der Verkünder auf einem sinkenden Schiff. Er und die anderen Dummköpfe hatten nicht verstanden, was sich da vollzog, was da im Entstehen begriffen war: ein unerhörtes Versepos, angelegt auf zwanzig Gesänge, von denen nur die ersten vollendet oder noch Fragment waren.

Und wie die Vervollkommnung dieses Werks durch allerlei Widerstände gefährdet war! Da war der erbitterte Widerspruch Gottscheds und anderer. Da war die existenzielle Unsicherheit des jungen Poeten, die ihn am Ende nötigen mochte, einen Beruf zu ergreifen (anstatt all seine Energie der Vollendung zu widmen). Und da war diese unglückliche, ja, tragische Liebe Klopstocks zu seiner Cousine Maria Sophia Schmidt. Zwei Jahre lang ging sein Werben jetzt schon – völlig vergeblich. Diese Frau ließ sich Monat um Monat, Jahr um Jahr umgarnen, ohne ihrem Freier die geringsten Hoffnungen zu machen oder auf irgendeine Weise Klarheit zu schaffen. Hätte sie wenigstens einen anderen erhört – oder wäre in ein Kloster gegangen! Was erhoffte sie sich, wer sie stattdessen noch umwerben sollte: der König? Ein poetisches Genie hielt um ihre Hand an – und diese Person ließ kein Zeichen der Dankbarkeit erkennen. Er, Bodmer, hatte sich nicht zurückhalten können, ihr einen langen Brief zu schreiben und ihr persönlich mitzuteilen, was sie offenbar nicht in der Lage war zu begreifen: Nicht nur, dass sie einen Bewerber zurückstieß, wie sie ihn edler und im Herzen reiner nicht haben konnte; die tiefe Verzweiflung, in die sie ihren aufrichtig liebenden Cousin mit ihrer Ablehnung stürzte, bildete das größte und gefährlichste Hindernis für die Entfaltung seiner schöpferischen Möglichkeiten. Er hatte ihr unumwunden vor Augen geführt, dass es ihre heilige Pflicht sei, durch ein Erhören von Klopstocks Werbung dessen Schaffen zu fördern. Doch völlig vergeblich. Auch dadurch hatte sich ihr hartes Herz nicht erweichen lassen.

Nur eine sinnvolle Lösung hatte Bodmer gesehen, aus eigener Kraft zu bewerkstelligen, was Klopstock allein nicht schaffte: ihn aus dem Wirkungskreis dieser schädlichen Person zu entfernen, indem er ihn wiederholt nach Zürich einlud. Wenigstens darin war er mit Hirzel einig: Klopstock musste für eine Weile seinem alten Dunstkreis entkommen und auf einen ganz anderen Boden gestellt werden. Das war von alters her der rechte Weg, mit unglücklich verliebten Jünglingen zu verfahren: Man musste sie gewaltsam (wenn auch natürlich geschickt und scheinbar behutsam) ihrer kleinen, vertrauten Welt berauben, die sie (fälschlich) für so überaus wichtig hielten. Es gab andere Städte auf der Welt als die, in der man lebte, und es gab andere Frauen als die, die man unbelehrbar liebte, weiß Gott. Dies umso mehr, als Klopstock selbst bekundet hatte, seiner Lebenssituation überdrüssig zu sein, und nach Möglichkeiten suchte, seinen Wirkungskreis andernorts zu finden.

Bodmer hatte bei allem ein gutes Gefühl gehabt. Er konnte dem Manne etwas Rechtes tun, seine Schreibkraft fördern, ihm neue Eindrücke, neue Kontakte verschaffen. Vielleicht gar sein ganzes Leben neu bestimmen. Und andererseits konnte er selbst davon profitieren. Er brannte darauf, den Dichter solch erhabener Verse unter seinem Dach zu haben. Mit ihm zu diskutieren. Ihn schreibend zu erleben. Ihm die Ergebnisse seiner eigenen Bemühungen vorzuführen, um sein Urteil zu hören. An dem ihm selbst vor dem aller anderen lag.

Und: Dieses Haus war dafür geradezu ideal. Es lag auf dem oberen Schönenberg, ein Stück außer- und oberhalb Zürichs, ein schön überdachtes, imposantes Gebäude, bestehend aus einem Hauptteil und einem (fast ebenso hohen) Nebentrakt. Es hatte ausreichend Zimmer, auch für Gäste. Dorthin gelangte man aus den Gassen der Stadt über die jenseits der Wälle gelegenen Erhebungen auf (zuletzt steilen) Pfaden. Ruhig war es dort, die Umgebung schön, die Stadt jedoch nicht fern. Dort hatte Klopstock im ersten Stockwerk sein eigenes Zimmer, ja einen Teil des Hauses für sich, wurde mit allem versorgt und konnte sich ganz seiner Arbeit widmen. Hier sollte es mit dem *Messias* vorangehen, Bodmer konnte nicht erwarten, ihn gedeihen zu sehen. Er hatte Klopstock zuletzt, als allein finanzielle Erwägungen der Reise noch im Wege standen, die 300 Taler Reisegeld geschickt, denn daran wollte er die lang ersehnte und mühsam eingefädelte Unternehmung nicht scheitern lassen. So war denn Klopstock endlich angereist. Am 23. Juli war er eingetroffen, der Aufenthalt war auf eine unbestimmte Zeit von einigen Wochen angelegt – die Bodmer hoffte, so lange wie nur möglich in die Länge zu ziehen.

Und dann das: Der *Messias*-Sänger wenig strahlend, vielmehr erschöpft, recht still und kaum zum Plaudern aufgelegt. Sicher, die lange, unglückliche Verliebtheit musste die Seele in Mitleidenschaft gezogen haben. Doch war er, wie sich bald zeigte, sehr wohl für Dinge zu begeistern. Nur nicht für diejenigen, bei denen Bodmer es mit einigem Recht hatte erwarten dürfen. Er hatte versucht, mit ihm über den *Messias* zu sprechen. Vergeblich, darauf erfolgte kaum eine Reaktion. Er hatte ihm Einblick in seine Bücherbestände gegeben. Ohne eine erkennbare Resonanz. Klopstock hatte alles artig beschaut, jedoch kaum ein Buch der eingehenden Betrachtung unterzogen, die es ohne jeden Zweifel verdiente. Bodmer hatte Erörterungen über die Werke anderer begonnen – Klopstock hatte die Gespräche versanden lassen. Er hatte ihn um Meinungen gefragt und kaum mehr als nichtssagende Phrasen bekommen. Hatte ihm aus den Ergebnissen seiner eigenen dichterischen Bemühungen vorgelesen, aus dem Noah-Versepos, wie ein Kind gespannt auf Klopstocks Reaktion. Dieser hatte geschwiegen. Es war ein Schweigen gewesen von der Art, die man beredt nannte. Und selbst wenn es nur auf mangelnder Aufmerksamkeit beruhte, dann war das ebenso arg.

Bodmer war getroffen. Für nichts schien sich der Besucher recht zu interessieren – außer für eines. Und das waren die Avancen von Hirzel, den er in Leipzig kennengelernt, mit dem er sich befreundet hatte, und seiner Genossen, im Wesentlichen Gleichaltrige, die nicht hatten erwarten können, ihn endlich in Zürich zu wissen. Hirzel kam, Einladungen wurden ausgesprochen, Gastmahle und Tanzvergnügen anberaumt. Und siehe da, der scheinbar Phlegmatische erwachte zum Leben, Eifer und Energie gelangten in seine Augen und seinen Leib, als seien sie auf geheimnisvollen Wegen von außen zugeführt. Weinrunden kamen ins Spiel, Bankette, Verlustigungen, alles im Beisein junger Damen. Der Herr ging aus, ritt aus, begab sich in die Gesellschaft des Hirzel-Kreises, in die Zirkel von Studenten, um dort zu prahlen und sich feiern zu lassen. Zu trinken, zu tanzen und mit Damen zu poussieren.

Gewiss, schon im Vorhinein hatte Klopstock brieflich den Wunsch geäußert, den jungen Damen der Gesellschaft vorgestellt zu werden. Schließlich sei er in einem heiratsfähigen Alter. Bodmer, der wohl wusste, wie ernsthaft verliebt er in die Schmidt war, hatte dem keine große Bedeutung beigemessen, hatte es vielmehr als Versuch gewertet, die Verzweiflung tapfer zu überspielen. Auch schien ihm der Wunsch nach Damengesellschaft zunächst grundsätzlich unverdächtig. Klopstock war Dichter, er war Theologe, nun gut, doch zuletzt eben auch ein junger Mann.

Wie sehr es Klopstock um die Gesellschaft junger Damen zu tun war, zeigte sich nun allerdings in einem (für Bodmer) erschreckenden Maße. Anstatt die Gelegenheit zu nutzen, sich in die Arbeit am *Messias* zu stürzen und an der Seite Bodmers die geistige Elite Zürichs und der Region kennenzulernen, war der Ankömmling allein an Wein und Weib interessiert. Anstatt auf Bodmers Offerten für Besichtigungen und Besuche einzugehen, war er lieber ausgegangen, um die Stadt selbst zu erkunden oder Einladungen zu folgen, war dann jedoch nicht nach einigen Stunden zurückgekehrt, sondern erst spät am Abend und gar zur Nacht. Hatte morgens recht lange geschlafen und war beim Frühstück missmutig und schweigsam gewesen. Noch gestern hatte Bodmer ihm jedes Wort aus der Nase ziehen müssen. Wie eifrig Klopstock dem Wein zusprach (obwohl er ihn – offenbar – nicht recht vertrug, er hatte bereits über Magenprobleme geklagt), wie freudig er sich für Wirtshausgänge und Tanzvergnügen kleidete und herausputzte, wie wenig er sich um seinen *Messias* scherte – das alles war für Bodmer schockierend. Sicher, die Jugend – er war nicht weltfremd. Wenn er auch mit zweiundfünfzig, doppelt so alt wie Klopstock, die eigene Junggesellenzeit in weiter Ferne sah, konnte er sich doch erinnern, welche Kräfte einen in diesem Alter beflügelten. Doch hatte er immer die Pflicht empfunden, seinem Stand und seinen geistigen Fähigkeiten gemäß zu handeln und sich eine gewisse Beschränkung aufzuerlegen; man durfte sich nicht gebärden wie die Gassenbuben, aus denen Schuster oder Küfer wurden, wenn es einem nicht bestimmt war, ein solcher zu sein. Im Leben musste alles seine rechte Ordnung haben. Und nun ein Dichter! Ein Mann von solchen Gaben! Die ihm vom Herrn gegeben. Es war, als trete er sie mit Füßen. Gewiss wollte er dem guten Klopstock das eine oder andere Glas Wein gönnen, den gab es auch in seinem Haus zu passenden Mahlzeiten (wenngleich in Maßen). Doch wem Genie gegeben, der hatte eine selbstverständliche, unausgesprochene Pflicht, es zu nutzen und fruchtbar zu machen. Mitanzusehen, wie jemand sich dem förmlich verweigerte, war erschütternd.

Alles hatte er getan, um dieses junge Talent zu fördern, ihm den Weg zu ebnen, ihm die besten Voraussetzungen zu schaffen, es ihm hier heimisch zu machen – und nun das.

Wenngleich dies alles eine Befürchtung nährte, die in ihm schon Bestand gehabt hatte, die er sich einzugestehen jedoch nicht bereit gewesen war. Warum war es mit dem *Messias* so langsam vorangegangen? Warum hatte sich dieser junge Mann, dem sein Ruf so rasch vorausging, so wenig beeilt, auf dem Acker seines Talents die Aussaat zum Wachsen und Reifen zu bringen? Bodmer war bereit gewesen, es auf widrige Umstände zurückzuführen – zumal diese deutlich erkennbar gewesen waren. Genie ging – beinahe zwangsläufig – einher mit gesteigerter Empfindsamkeit. Die harte Kritik der Gegner, die fatale Leidenschaft für eine Frau, deren Ablehnung tiefes Seelenleid nach sich zog, all das hatte als Erklärung gedient. Ernsthaften Grund hatte es nicht gegeben für einen Verdacht, der gleichwohl aufgekommen war: Was, wenn Klopstock zu jenen Unglücklichen gehörte, die dazu berufen waren, ihr Glück zu vertändeln? Sich die schwere Schuld aufzuladen, der ihnen erwiesenen Gnade unwürdig zu sein? Denen es nicht gelang, sich von den schönen, schnöde alltäglichen Dingen loszusagen. Denen nicht gegeben war, die hinderlichen, zerstörerischen Elemente in dem zu erkennen, was vordergründig angenehm war: Genuss, billiger Zeitvertreib, fleischliche Begierden. Die, wenn sie dem Angenehmen vielleicht auch nicht verfielen, ihm doch in ihrem Leben einen Raum zumaßen, der sie an den entscheidenden Leistungen hinderte. Zu denen sie dann nicht mehr in der Lage waren. Vermutlich ohne es je zu erkennen, ohne es selber je zu begreifen. Bodmer wusste, es gab diejenigen, denen vergönnt war, ihre Gefäße auszuschöpfen. Und jene, die einen guten Teil des Inhalts unnütz verrinnen ließen.

Vielleicht, mit Gottes Gnade, war noch Hoffnung. Vielleicht war Klopstock zu erschöpft, allzu müde der Dinge, die ihn plagten, schon seit geraumer Zeit. Vielleicht bahnte sich hier nur vorübergehend jugendlicher Drang nach purem Leben Raum. Und vielleicht ließ sich alles noch umkehren. Für morgen war eine Fahrt nach Winterthur anberaumt, für acht Tage; Klopstock hatte eingewilligt, mitzukommen, um dort Leuten von Einfluss zu begegnen, deren Bekanntschaft ihm wirklich nützlich sein konnte. Das würde ihn der Gesellschaft dieser Vergnügungssüchtigen entziehen – wenigstens für einige Tage. Möglicherweise war damit noch alles auf andere Bahnen zu lenken.

Doch Bodmer hatte seine Zweifel. Zweifel, die ihn tief im Innersten berührten. Weit war der *Messias* in den vergangenen Jahren nicht gediehen. Hätten nicht Verzweiflung und Not, anstatt den Fortgang des Entstehens zu verzögern, ihn ebenso gut beflügeln können, ja, sogar müssen? Wäre das nicht einleuchtender gewesen? Auch jetzt zeigte Klopstock wenig Drang, die Arbeit daran fortzuführen. Er sagte, die Muse könne man nicht steuern, die Inspiration komme ungerufen und nicht, wenn man sie erzwinge, man müsse geduldig warten. Waren das Worte eines großen, eines unvergänglichen Dichters? Oder nur die unreifen Ansichten eines jungen Mannes? Vielleicht verlangte er von Klopstock einfach zu viel.

Und doch, wenn er sich die Verse des *Messias* in Erinnerung rief … Die Oden, die Gedichte. Was war das, was ihnen anhaftete? Was über ihnen lag – wie ein feiner, ein blasser, kaum nachweisbarer Schatten? Ein Schatten der Vergänglichkeit? War nicht alle Kunst vergänglich? Doch, aber sie war es mehr oder weniger. Es gab jene Werke, auch der Antike, auch des Mittelalters, die noch lange strahlten, die ihre Kraft, ihre Wirkung nie zu verlieren schienen – oder immer wieder neu erlangten. Und jene, die schon fast – oder bereits ganz – vergessen waren. Oder die man um der Wirkung willen studierte, die sie einst gehabt hatten. Was man in der Jugend bei Feierlichkeiten hatte rezitieren hören, klang mitunter schon jetzt, nur drei Jahrzehnte später, abgestanden und fad. Doch Verse von Männern, die vor fünfzehnhundert oder mehr als zweitausend Jahren entstanden waren, leuchteten immer noch.

Warum waren Klopstocks Verse so machtvoll, so mitreißend – und schienen doch bereits so vergänglich, sobald man sie gelesen hatte? Was war es, was ihnen fehlte? Und warum war sein Ruhm nicht längst strahlender, wie er es wohl hätte sein können? Gott vergebe mir, dachte Bodmer. Und er gebe, dass es nicht nur Enttäuschung ist und Zorn, nicht Gekränktheit und verletzter Stolz, die mich das denken lassen. Und er gebe, wenn möglich, dass es gar nicht wahr ist.

Doch irgendwo tief in seinem Innern ahnte er: Dieser Ruhm würde schnell verblassen.

Vielleicht habe ich zu viel von ihm verlangt, dachte Bodmer. Vielleicht habe ich zu große Hoffnungen in ihn gesetzt, ihn zu sehr betrachtet wie einen Sohn.

Bodmer ging durch sein Studierzimmer, durch die Bibliothek, auf und ab, auf und ab. Blickte aus den Fenstern, wendete das Stundenglas. Klopstock draußen auf dem See, irgendwo, und er, Bodmer, dort zwischen seinen Büchern, allein. Düster war es in den Zimmern unter den Vertäfelungen von dunklem Nussbaumholz und den schweren Balken. Immer blieben dort Schatten. Und manchmal war es, als läge ein Schatten über dem ganzen Haus. Ein Haus, in dem keine Kinder groß geworden waren. Gestorben lange vor der Zeit, alle vier, auch der Sohn, der so geliebte, vergötterte Sohn.

Hier wohnten das Wissen und die Wissenschaften, und kluge Männer gingen ein und aus, wie man auf dem ganzen Kontinent kaum klügere und gelehrtere fand. Ihre Schritte wurden laut auf den knarrenden Stufen und den Dielen. Aber nicht die von Kindern. Nicht mehr. Nie mehr.

Warum?, fragte sich Bodmer an jenem so sonnigen, so strahlenden Tag. Er hatte so viele Fragen, und fast alle begannen sie mit dem einen Wort: Warum?

16

Klopstock und Anna waren allein.

Endlich ganz für sich.

Nach und nach hatten sich alle zerstreut, in kleinen Gruppen oder Paaren, und sie beide waren ein Stück das Ufer hinuntergegangen, hatten übers Wasser geschaut und waren so still geworden wie alles hier. Nach einer Weile wurde die Vegetation dichter, ein Weiterkommen schien unmöglich, doch das Zurückbiegen tief hängender Zweige eröffnete einen schmalen Durchgang, der zu einer kleinen Bucht führte. Baumkronen reckten sich hier weit über das Ufer, alles lag schattig. Es war ein abgelegener Ort, von nirgendwo her einsehbar (es sei denn vom See), und da sie ihn selbst kaum gefunden hatten, würde niemand so leicht dorthin gelangen. Dort, auf dem halb verrotteten Stamm eines umgestürzten Baumes, ließen sie sich nieder.

So still war alles, dass sie unwillkürlich in ein Flüstern verfallen waren, beinahe ehrfürchtig; der Platz hatte etwas Geheiligtes, fast als betrete man eine Kirche. Der See lag spiegelglatt, nichts regte sich. Da waren nur ein sachter Wind, einige eher ferne Vogelstimmen und das Summen von Insekten. Über allem lastete die Hitze.

So saßen sie beieinander, ganz dicht, auch wenn Anna sich alle Mühe gegeben hatte, die Fülle des bauschigen Kleides auf ihre Linke zu verteilen, um auf diese Weise etwas wie eine Barriere zu schaffen. Sie saß stocksteif, das Herz klopfte ihr bis zum Hals. Im Blick hatte sie das aufgeworfene Kleid und ihre Schuhe, die unten hervorlugten, neben sich Klopstocks Beine in Kniehosen, Strümpfen und schwarzen Schnallenschuhen, geschwungen und mit breiten, etwa zwei Zoll hohen Absätzen, wie Männer sie trugen, die etwas größer zu erscheinen bemüht waren.

Sie wünschte sich tausend Meilen weit weg und wünschte sich doch an keinen anderen Ort der Welt. Wenn es für diesen Tag kühne Hoffnungen gegeben hatte (den Dichter aus der Nähe zu sehen, von ihm bemerkt zu werden, gar mit ihm zu sprechen), so übertraf die eingetretene Situation sie in einem Maße, dass sich der Gedanke förmlich aufdrängte, vielleicht nur zu träumen. Sie hier, weitab der Stadt, irgendwo am See, ganz allein mit Friedrich Gottlieb Klopstock, dem Dichter des *Messias!*

Das war ganz und gar unmöglich. Widersprach jeder Etikette. Es durfte einfach nicht geschehen, und wie, fragte sie sich, hatte es dann dazu kommen können? Hätte sie es nicht verhindern müssen? Aber insgeheim hatte sie es sich so sehr gewünscht. Das war vermessen, ja, aber dieser Tag hatte dazu Anlass gegeben. Das Verhalten der anderen, die sich darin gefallen hatten, Klopstock und sie zu belächeln, als wären sie ein Paar; sie, Anna, kindisch zu necken und schmunzelnd zu betrachten wie die Auserwählte eines Prinzen. Klopstock zuzugestehen, ihr spielerisch den Hof zu machen. Sie hatten ihm freie Hand gegeben, ihn geradezu ermuntert, wie ein Gockel zwischen den Frauen herumzustolzieren.

Aber dies, so allein zu sein mit einem Mädchen, stand nicht einmal einem Bräutigam zu!

Sie fühlte sich schuldig. Als könnte jeden Augenblick ein Strafgericht über sie hereinbrechen. Die innere Unruhe war kaum zu unterdrücken. Doch wenn alle billigten, was geschah, bestand dann überhaupt Not, sich schuldig und unbehaglich zu fühlen? Durfte sie dann nicht, so ganz unverhofft, diese Augenblicke, diesen ganzen Tag genießen wie die Prinzessin in einem Märchen? Ihr vor allen anderen hatte Klopstock Komplimente gemacht. Sie war es, die er so eindringlich angesehen hatte wie keine andere. Ihre Gesellschaft suchte er, vor allem mit ihr wollte er ins Gespräch kommen, es war sie, die er besonders im Blick hatte. Sie gefiel ihm. Gefiel ihm wirklich. Man hätte blind sein müssen, das nicht zu bemerken.

Und doch wusste sie, sie hätte diese Huldigung niemals annehmen, sich auf dieses »Spiel« niemals einlassen dürfen. Hätte es sicherlich auch nie getan, wenn nicht dieser ganze Tag von Anfang an so gewesen wäre wie ein anderes Leben. Wie ein Guckloch in eine andere Existenz. Als gebe es noch eine andere, zweite Welt. Als ob man in einer Art Traum noch ein weiteres Mal lebe, anders. Eine andere Anna unter ganz anderen Umständen, in einer Welt, die so niemals zuvor gewesen war und die auch niemals wieder so sein würde, nicht real. Ja, dieser Tag war anders als alles, was sie bisher erlebt hatte. Und sie hatte so ein Gefühl: als würde er ihr ganzes Leben bestimmen. Noch auf Jahre hinaus alles überschatten. Vieles infrage stellen, vielleicht für immer. Segen und Schaden sein. Als ahnte sie schon, dass nichts mehr sein würde wie zuvor. Dass sie vieles allzu sehr messen würde an den Erfahrungen und Einsichten dieser wenigen Stunden ihres Lebens.

Sie fühlte seinen Blick von der Seite auf sich ruhen. Er betrachtete sie. Schwieg, sagte kein Wort. Doch wusste sie, dass er etwas sagen, etwas tun würde. Es lag in der Luft. Und sie hatte Angst davor, aufgeregt wie ein dummes Kind. Vielleicht sprach sie deshalb. Sie, tatsächlich sie war diejenige, die das Wort ergriff, auch das so ungeheuerlich wie alles andere. Denn woher nahm sie den Mut und die Kraft, wenn nicht aus Verzweiflung? Sie hatte Angst, er würde ihre Hand nehmen, fortfahren, ihr Komplimente zu machen. Ebenso sehr, wie sie es sich wünschte, hatte sie Angst davor.

»Sie haben mir noch nicht gesagt, wie die Geschichte ausgegangen ist.«

Klopstock war in der Tat überrascht – und ein wenig irritiert.

»Die Geschichte? Sie meinen … Lazarus und Cidli? Den *Messias?*« Ernüchterung klang in seiner Stimme mit, als wäre er enttäuscht, dass ihr weiblicher und sehr junger Verstand das Ganze nur als eine »Geschichte« ansah, dass er es letztlich doch nur mit einem großen Kind zu tun hätte.

»Nein«, sagte sie, »das meine ich nicht. Ich meine damals, das Mädchen … An das ich sie so erinnerte. Hat sie von Ihren Gefühlen erfahren? Und … hat sie sie erwidert?«

Klopstock richtete den Blick übers Wasser, an das gegenüberliegende Ufer, und da er nicht antwortete, glaubte sie ein weiteres Mal, zu weit gegangen zu sein. Was hatte sie auch geritten, wieder davon anzufangen? Vermutlich bereute er ohnehin schon, je davon gesprochen zu haben.

»Die Frage ist wohl dumm«, beeilte sie sich, »wenn man bedenkt, in welchem Alter Sie damals waren …«

»Die Frage ist nicht dumm«, sagte er. »Seien Sie nicht so ängstlich. Hier sind wir endlich unter uns und können frei heraus sprechen. Es ist ein so schöner Moment, dass ich just davon ergriffen war, deshalb wurde ich so still. Dieser Tag ist voller gesegneter Augenblicke. Ich kann mich nicht erinnern, je so frei und glücklich gewesen zu sein. So unbeschwert habe ich die Dinge lange nicht erleben können. Ich fühle mich, als wäre ich einer Gefangenschaft entkommen. Als würde ich hier überhaupt erst anfangen zu leben. Und was Ihre Frage betrifft: Ja, sie hat von meinen Gefühlen gewusst, es war wohl nicht schwer zu erkennen, wie es um mich stand. Sie hat von meinen Gefühlen gewusst, und sie hat sie erwidert.«

»Hat sie es Ihnen gesagt?«

»Sie war die Erste – und auch die Einzige –, die mir gesagt hat, sie sei ganz und gar mein. Von ihr bekam ich meinen ersten Kuss – und möchte gerne glauben, dass es auch ihr erster war. Sie war ein wildes, ein feuriges, dunkelhaariges Mädchen mit schwarzen Augen, und vermutlich ist sie noch vielen Burschen und jungen Männern zum Verhängnis geworden.«

»Dann haben Sie sie also aus den Augen verloren?«

»Ja, ganz und gar. Schon bald trieb uns das Leben an verschiedene Orte. Ich weiß heute nicht einmal mehr, wo sie sich aufhält.«

»Und meinen Sie nicht, Sie könnten sie finden? Immerhin haben Sie einander doch Ihre Gefühle gestanden. Sie haben sie doch geliebt, oder?«

Ihr Akzent, ihr gerolltes R und wie sie das alles betonte, das war reizend.

»Wahrscheinlich ist sie schon verheiratet, mit einem anderen«, sagte er. »Gott allein weiß, wo. Und es ist schon lange Vergangenheit, so wie manche Dinge im Leben einfach vorüber sind und hinter uns liegen. Man kann nichts zurückholen. Das Leben ist eine Reise mit immer neuen Stationen. Aber ich habe es nie vergessen. Was sie zu mir sagte, und ihre Küsse.«

Ein kurzes Schweigen entstand, er seufzte, ein wenig theatralisch. »Und heute«, sagte er, »habe ich eine getroffen, die ihr gleicht. Die aber noch unergründlichere Augen hat. Und einen noch schöneren Mund. Ich frage mich … ob dieser Mund schon einmal geküsst hat.«

Annas Herz schlug ihr bis zum Hals. Am liebsten wäre sie im Erdboden versunken. »Es ziemt sich wohl kaum, mich das zu fragen!«

»Nun, Sie haben es mich doch auch gefragt!«

Das stimmte nicht (sie hatte nicht nach Küssen gefragt), aber in der Aufregung war ihr das nicht bewusst, sie ließ es also gelten.

»Und, wäre das so viel verlangt, ein Kuss?«

Anna wurde es heiß und kalt, sie fühlte die Schweißperlen auf ihrem Gesicht. »Überaus viel, scheint mir. Es ist … nicht schicklich … und auch nicht angebracht.

Es … es steht Ihnen nicht zu, einen Kuss von mir zu bekommen … und mir nicht, Ihnen einen zu geben. Eigentlich … dürften wir nicht einmal miteinander hier sein.«

Natürlich, Klopstock wusste um die besonders strenge Etikette der Zürcher Gesellschaft. Er hatte reichlich davon gehört und durch Beobachtung einen Eindruck bekommen. Die Sitten, die hier herrschten, muteten geradezu altertümlich an. Einem Mann war es ganz unmöglich, eine Dame seines Herzens nach Belieben aufzusuchen. Tat er es dennoch, wurde er abgewiesen oder musste in Kauf nehmen, dass sich ein solcher Besuch in Begleitung von Verwandten vollzog, Tanten und Cousinen. Nie würde man einen Mann und eine Frau, die unverheiratet waren, miteinander alleine lassen, auch nicht für einen Augenblick.

Nun, dies war andernorts ähnlich, doch ging es hier so weit, dass es einer Frau außerhalb ihres Heims ganz undenkbar war, mit einem Mann auch nur zu reden. In der Öffentlichkeit hatten sich Mädchen und junge Frauen unter ihresgleichen zu halten und männliche Gesellschaft strikt zu meiden. Überhaupt hatten sie Ausgänge auf ein notwendiges Maß zu beschränken. Einsame Spaziergänge waren ihnen ganz unmöglich, denn sich derart allein ins Ungefähre zu begeben, hieß gewissermaßen, sich zur Schau zu stellen, ja, sich geradezu anzubieten. Wurde eine junge Dame in der Öffentlichkeit im Gespräch mit einem Mann gesehen, war sie ernsthaft kompromittiert. Von klein auf waren hier die Mädchen dazu angehalten, auf Annäherungen in keiner Weise zu reagieren. Klopstock war klar: Was an diesem Tag geschah, diese Lustfahrt auf dem See, war eine Ungeheuerlichkeit, in allen Einzelheiten ein Affront gegen die gesellschaftlichen Regeln. Er selbst, Klopstock, hatte durch seine prominente Stellung ein solches »Wunder« zuwege bringen können; tatsächlich hatte man es verschiedentlich als solches bezeichnet. Nur die Anwesenheit der Madame von Muralt machte es überhaupt durchführbar. Entsprechend groß war die Aufregung um diese Unternehmung gewesen, und entsprechend heimlichtuerisch hatten sich vor allem die jungen Damen gebärdet, als sich die Gruppe in aller Herrgottsfrühe, unsichtbar für die braven, noch schlafenden Zürcher, am Seeufer eingefunden hatte, mit Kichern und Erröten und allem Drum und Dran.

Doch natürlich, wie Hirzel ihm versichert hatte, fand man auch hierzulande Möglichkeiten, da und dort von einer jungen Dame einen Kuss zu erobern. Dienstmädchen und Botengängerinnen waren willkommene Objekte, auch für heranwachsende Herrschaften von fünfzehn oder sechzehn, denen auf diese Weise gegeben war, ihre kleinen Erfahrungen zu sammeln. Als Sohn des Hauses konnte man sich manches herausnehmen, was dem Hausherrn meist ohnehin stillschweigend zustand. Sodass sich so manche brave Küchenmagd der Annäherungen von gleich mehreren Seiten zu erwehren hatte. Die Herrinnen waren bemüht, sich durch die Auswahl eher unansehnlicher Bediensteter zu wehren, doch waren nun einmal nicht alle von Natur aus hässlich – und mussten im Übrigen schon sehr unansehnlich sein, um als Objekte der Begierde nicht doch in Betracht zu kommen.

Dies war also hier nicht gänzlich anders als sonst wo auf der Welt, doch hatten es junge Herrschaften schwer, zueinanderzufinden, ein Umgehen des komplizierten, eingefahrenen Werbungsrituals war kaum zu bewerkstelligen, und nichts war insbesondere für eine junge Dame leichter, als sich durch Verfehlungen zu kompromittieren, welche hier als solche gewertet wurden, während man sie andernorts in Europa eher als Nichtigkeiten zu betrachten bereit war.

Klopstock wusste das alles. Doch umso erstrebenswerter war es – gegen diese Widerstände –, zu einer Eroberung zu kommen.

»Wir sind aber hier«, sagte er. »Gelegenheiten werden einem im Leben zuteil, und wenn man sie ebenso gut nutzen wie verstreichen lassen kann, warum sollte man sie dann nicht nutzen? Werden sie einem denn nicht gegeben, sie zu nutzen?«

»Wäre es so gedacht, dann gäbe es für die Sünder dieser Welt keinerlei Notwendigkeit, jemals einer Versuchung zu widerstehen.«

»Ist dies denn also eine Versuchung?«

Sie blickte ihn nicht an, natürlich nicht. Wenn sie auch seinen Blick die ganze Zeit fühlte.

»Ich gehöre an diesem Tag nicht mal an Ihre Seite.«

»Sollte ich also die Daphne küssen, Hirzels Gattin?«

»Auch das wäre nicht recht! Und sie würde es gewiss nicht tun, so groß ihre Zuneigung und Bewunderung auch sein mag. Sie ist eine anständige Frau!«

»Sie ist ihrem Mann angetraut, ist Mutter seiner Kinder. Wir aber sind ungebunden – und frei.«

»Sie aber behaupten, eine andere aufrichtig zu lieben –

wie man aus Ihren Dichtungen weiß. Alle wissen es, die ganze Welt. Sollten Sie ihr, der Dame Ihres Herzens, da nicht treu sein?«

»Da sie meine Werbung nicht erwidert? Mich fortwährend abweist? Es ist sehr die Frage, ob ich ihr da Treue schuldig bin.«

»Nun, ich weiß es nicht. Seine Küsse sollte man jedenfalls, wie sein Herz, nur einem Menschen auf der Welt schenken.«

»So besiegelt also ein Kuss schon eine Bindung – auf ewig?«

»Vielleicht. Mag sein. Ich weiß es nicht. Denn ich habe noch niemanden geküsst.«

»Wie werden Sie wissen, wann der Mann kommt, der Ihre Küsse verdient?«

»Ich denke, ich werde es wissen. Spüren wir es nicht, wenn derjenige kommt? Man wird es doch fühlen!«

»Viele, allzu viele, werden miteinander verheiratet, die nicht eine Spur Gefühl füreinander haben. Sie werden einander versprochen, einander zugeordnet. Eines Tages – schon sehr bald – wird vielleicht jemand kommen, der um Sie wirbt. Und wenn es jemand ist, für den Sie nichts empfinden? Der Ihrer gar nicht würdig ist? Ich wage mir das nicht auszumalen. Sie sind schön und treu … und klug! Sie sind alles, was ein Mann sich nur wünschen kann.«

Wie verlegen sie das machte, war wunderbar anzusehen.

»Nun, wenn es nicht der Rechte ist, warum sollte ich ihn dann nicht abweisen?«

»Wie können Sie sicher sein, ob es nicht der Rechte

ist? Können wir überhaupt je Gewissheit haben? Dass wir die Rechte und den Rechten finden? Ob uns der Rechte stattdessen vielleicht nie begegnet, oder an uns vorübergeht, ohne dass wir es erkennen?«

Dass es auf der Welt den einen gäbe, und man würde ihm nie begegnen – das war allerdings eine erschütternde Vorstellung. Aber war nicht alles von Gott – und somit recht – gefügt?

»Ich würde jedenfalls viel darum geben, der Mann zu sein, der diesen Kuss als Allerersterr erhält. Schließlich: Niemand wird es je erfahren. Es bliebe unser Geheimnis. Wäre es nicht das Trefflichste, einen solchen Tag zu krönen: mit einem süßen Geheimnis? Mit etwas, das nur uns gehört. Was uns für immer verbindet. Es sei denn natürlich …«

»Was?«

»Es sei denn, Sie wären mir ganz und gar abgeneigt, und die Vorstellung wäre Ihnen zuwider. Vielleicht ist auch Ihre Meinung von mir gar zu gering …«

Sie vergaß sich, indem sie ihn irritiert anblickte. Ihn das denken zu lassen war ihr ganz unerträglich. »Wie können Sie so etwas sagen?«

»Nun, dann halten Sie also ein wenig auf mich?«

»Sie können sich doch wohl denken, wie hoch ich denjenigen schätze, der mich als Erster gelehrt hat, mir würdigere Vorstellungen von Gott zu machen.«

Ganz erhitzt, mit tiefrotem Gesicht, hatte sie das gesagt. Vielleicht nur aus einer Ungeschicklichkeit heraus, nahm es sich jedenfalls kokett aus. Jetzt blickte sie ihm sogar ganz offen ins Gesicht. Klopstock, von diesem Anblick betört, fühlte eine Begehrlichkeit sich in ihm regen. Ja, das war zweifellos der Grund, warum die braven Zürcher ihre schönen Töchter so eifrig hüteten und ihnen jeden Umgang mit dem männlichen Geschlecht so strikt untersagten: damit sich nicht solche Situationen ergäben und diese Art von Begierde keinerlei Gelegenheit erhielt, sich einzustellen.

Die körperliche Reaktion war heftig, er spürte seine Männlichkeit sich begehrlich in Stellung bringen. Das Mädchen bot einen prächtigen Anblick. Ihr Gesicht, ihre Augen, ihr Haar, ihr Kleid, alles an ihr war verlockend. Selbst ihr Stolz und ihre so eisern zur Schau getragene Prüderie.

»Dann sind Sie mir also recht zugetan? Dann sind wir einander zugetan.«

»Nun, ja … in gewisser Weise.«

»Warum sollten wir uns dann nicht küssen?«

»Nein! Es wäre nicht recht!«

»Ich könnte mir den Kuss nehmen.«

»Ich würde mich wehren.«

»Ich würde ihn mir rauben.«

»Ich würde schreien.«

»Und die anderen herbeilocken?«

Ihre Wangen röteten sich erneut, aber offenbar vor Zorn. »Nun, dann rauben Sie sich, wovon Sie glauben, dass es Ihnen zusteht. Dann jedoch sind Sie nicht so edel, wie ich gerne zu glauben bereit war. Dann rauben Sie sich Ihren Kuss, wie sie ihn vermutlich schon hundert anderen geraubt haben!«

Auch das war herrlich anzusehen: wie sie sich ereiferte. Wie der Zorn in ihr zu mächtig wurde, ihn zu beherrschen.

»Na, na!«, sagte er. »Ich sagte, ich *könnte* es tun. Nicht, dass ich es auch tun würde.«

Das besänftigte sie offenbar nur leidlich, denn ihre Miene blieb finster. »Im Übrigen ist ein geraubter Kuss nichts wert. Denn was hätten Sie dann eigentlich bekommen? Gar nichts! Wenn nichts gegeben wird, dann erhält man genau das: nichts!«

Er hatte dazu seine eigenen Gedanken. Ein sich auflösender Widerstand konnte nämlich ganz besonders reizvoll sein; wenn man sich mit sanfter Gewalt aneignete, was schon so verlockend im Bereich des Möglichen lag; wenn von der anderen Seite das, was man vorzuenthalten entschlossen war, schließlich nur umso bereitwilliger gewährt wurde. Aber dies behielt er – zumal unter den gegebenen Umständen – hübsch für sich.

Klopstock war von der jungen Dame jetzt heftig erregt, aber er zeigte es nicht. Diese Verführungen des weiblichen Geschlechts! So süß und doch so qualvoll. So erfüllend und doch so momentan, vorübergehend. Scheinbar so viel erstrebenswerter als alles andere, und doch so erkennbar flüchtig. Dazu angelegt, einem den Kopf zu verdrehen, die Sinne zu verwirren. Dass man trotz aller Eigenschaften, die den Menschen (und insbesondere den Mann) zu etwas Höherem bestimmten, trotz Verstand und Seele nicht besser dran war als ein balzender Vogel, der sich aufplusterte und sich in Aufwallung unkontrollierbarer Kräfte, Tänze aufführend, zum Narren machte! Es war ein Elend.

Ach, hätte er sie doch dazu bringen können, ihr Kleid abzulegen und sich zu zeigen, wie Gott sie geschaffen hatte! Mit ihr im See zu schwimmen und ihren nassen

Körper in den Armen zu halten, das wäre etwas gewesen! Stattdessen kämpfte er um einen Kuss, einen lausigen Kuss!

»Wäre es also nicht viel schöner«, sagte er, »ihn mir zum Geschenk zu machen? Ihn zu geben? Ihn zu etwas Unvergesslichem, ja, Unvergänglichem werden zu lassen? Wer weiß, was dieser Kuss besiegelt? Doch nie werden wir es wissen, wenn er nicht gegeben wird.«

Anna schaute ihn ernst an, dann lächelte sie. »Mit Worten wissen Sie wahrhaftig gut umzugehen.«

Klopstock war jetzt, da sie ihn so offen anlächelte, endgültig hingerissen. Ja, dachte er, manchmal kommt man mit Taten zum Ziel, und manchmal mit Worten.

Sie erhob sich und trat näher ans Ufer. Riss Blätter von einem herabhängenden Zweig und ließ sie auf die Wasseroberfläche hinabtrudeln. Hier und dort schnappte ein kleiner Fisch danach.

»Wenn man nur in die Zukunft sehen könnte«, sagte sie. »Um einen Blick daraufzuwerfen, was noch alles geschieht.«

Wenn er auch ihrem Gedankengang nicht folgen konnte, schien es für sie doch einen Zusammenhang zu geben zwischen dem fraglichen Kuss – der nun doch nicht wahrscheinlicher geworden schien – und dem, was im weiteren Leben geschehen würde.

»Eine alte Zigeunerin hat mir einmal die Zukunft gedeutet, aus der Hand.«

»Und, was hat sie Ihnen vorausgesagt? … Nein, lassen Sie mich raten: einen Mann – und viele Kinder.«

»Nein, davon hat sie nicht gesprochen. Nicht einmal, ob ich glücklich werde, hat sie gesagt. Nur, dass ich lange leben werde, sehr lange. Dies sei mir unzweifelhaft vorherbestimmt. Dies … und noch etwas. Etwas sehr Seltsames.«

»Was?«

»Dass man sich meiner noch in ferner Zukunft erinnern wird.«

Klopstock setzte eine gespielte Miene von Hochachtung auf. »Dann werden Sie wohl am Ende berühmt.«

Sie lächelte. »Glauben Sie an Wahrsagerei?«

»Nein, um ehrlich zu sein. Niemand kann in die Zukunft sehen. Und das ist auch gut so. Wohin Gottes Wege uns führen, das müssen wir selbst entdecken.«

Anna warf missmutig ein ganzes Zweigstück, das sie abgerissen hatte, in den See. »Ich denke«, sagte sie, »es ist Zeit zurückzugehen.«

»Nein, bitte«, sagte Klopstock, geradezu hastig. »Uns bleibt noch eine Weile. Und es ist so schön, hier auf diesem herrlichen Flecken Welt, mit Ihnen. Mit Ihnen zu sprechen. Auch mir ist es ein Rätsel, aber Sie hatten recht: Wir scheinen dazu ausersehen, uns gegenseitig anzuvertrauen, was wir gewöhnlich nicht teilen.«

Und dann sprach er. Sprach an diesem Nachmittag über sich und die Dinge, die ihn bewegten. Wie er gelitten hatte in den zurückliegenden Jahren, unter den Zurückweisungen, den Kämpfen des Gewissens, die wie eine Prüfung erschienen waren. Sprach von dem inneren Zwiespalt: sich Gott zu widmen oder der Poesie. Und wie er dann den Weg gefunden hatte, beides zu vereinen. Von der Berufung, die er gespürt hatte, schon als er kaum mehr gewesen war als ein Kind. Von diesem Drang, Worte zu formen, wie aus Lehm und Ton daraus zu modellieren, von der Faszination, mit Bestehendem etwas zu erschaffen, was neu und unerhört war. Von dem Rausch, der sich einstellte, wenn die Worte einem zuflogen, ohne dass man recht wusste, woher. Wenn man schrieb und dichtete wie beseelt. Von der Einsamkeit, und dass man gut nur schreiben konnte aus eigenem Seelenleid.

Anna hörte staunend zu. Diese Halbinsel, dieser Platz am See, dieser seltsame Tag war der Welt ganz entrückt, und immer noch schwebte sie dahin wie in einem Traum. Es stimmte: Ihr erzählte er Dinge, die aus seinem innersten Herzen kamen. Von frühen Erlebnissen der Kindheit, von der über alles geliebten Großmutter. Von dem schmerzlichen Verlust einiger Geschwister und insbesondere eines jüngeren Bruders, mit dem er sich – zu Lebzeiten und bis heute – auf das Innigste verbunden fühlte. Es war dies, was Anna am meisten berührte. Denn auch darin erkannte sie sich wieder.

So verließen sie, in den Austausch der Gedanken vertieft, die Bucht, streiften ein Stück durch den Wald, und auf einer Lichtung, weitab des Sees, ließen sie sich nieder, sie an einen Baumstamm gelehnt, er, Klopstock, neben ihr hingehockt, so, dass er sie ansehen konnte. Nach einer Weile des Schweigens ließ er sich hinabsinken und legte sacht seinen Kopf in ihren Schoß, so behutsam, dass sie Zeit genug gehabt hätte, sich dem zu entziehen, doch sie saß still und ließ es geschehen, gerade weil er so behutsam war und sie nicht bedrängte.

Die Stille der abgeschiedenen Lichtung, die Hitze des fortgeschrittenen Nachmittags, die Nachwirkungen des Weines, und dass sie nicht viel geruht hatten in der vorigen Nacht, das alles machte sie beide schläfrig, und Klopstock schien nach kurzer Zeit tatsächlich in einen leisen Schlummer hinüberzudämmern.

Anna saß dort, an den Baum gelehnt, beobachtete ihn eine Weile, schloss dann die Augen und fragte sich, was mit ihr geschah. Warum ihr dies heute begegnete, welche Bedeutung alldem zukam. Konnte es wirklich sein, dass dies ihr Schicksal war: die unverhoffte Teilnahme an dieser Fahrt, dieser unvergleichliche Tag, von der Art jener seltenen Tage, die man ein Leben lang wie ein Geheimnis mit sich trug; die Begegnung mit dem Mann, der jetzt hier mit ihr ganz abgeschieden, im Verborgenen saß?

Nein, das war Unsinn. Das musste Unsinn sein. Dieser Mann war Friedrich Gottlieb Klopstock aus Leipzig, er war der Dichter des *Messias,* von Gott ausersehen, den Menschen Himmel und Erde mit der Gabe der Poesie neu erfahrbar zu machen. Er war neun Jahre älter als sie. Was konnte sie mehr für ihn sein als ein dummes Mädchen, eine von so vielen stillen weiblichen Bewunderern, die ihm begegneten? Er musste ihrer schon viele getroffen haben und würde noch Hunderte weitere treffen. Er liebte seine Cousine, die ach so gerühmte Schmidt, liebte, verehrte, vergötterte sie und würde sie eines Tages zweifellos erreichen, wenn sie für ihn bestimmt war.

Aber vielleicht, dachte Anna, war sie es ja nicht, und vielleicht warb er deshalb vergeblich um sie, und für jeden kam der Tag, an dem er dem Menschen begegnete, der ihm wirklich bestimmt war und der auf ihn wartete, gerade so, als stände er still an einer Weggabelung.

Das lag in Gottes Hand, Menschen konnten das nicht wissen. Und wenn ihr selbst nun das vorherbestimmt war: hier, heute am Platz zu sein, um diese Begegnung sich vollziehen zu lassen? Konnte das wahr sein, so unwahrscheinlich es auch anmutete? Sollte es tatsächlich das sein, was heute vor ihr lag: ihrem Schicksal zu begegnen, hier den Auftrag zu erhalten, wen sie ein Leben lang zu begleiten hätte? Wen sie lieben lernen sollte. Und wem Kinder gebären. Denn Kinder haben: ja, das war ein großer Wunsch und eine hehre Aufgabe, von Gott befohlen.

Wahrhaftig, sie wollte, man könne in die Zukunft schauen. Um zu wissen, was richtig war. Dann wäre es leicht, passend zu handeln. Doch: Wenn alles vorbestimmt war, war es dann nicht ganz gleichgültig, was man tat? Und ob man es tat? Denn alles geschah ja ohnehin, so wie es kommen musste. Man konnte so oder anders entscheiden, oder aber überhaupt nicht und den Dingen ihren Lauf lassen, und es kam doch immer so, wie es kommen musste.

Oder war es doch möglich, dass man alles aufs Spiel setzte, wenn man im entscheidenden Moment eine Handlung unterließ oder nur einen Augenblick zu lange zögerte? Lag es doch an einem selbst? Doch wie konnte man dann je wissen, was richtig war?

Diesen Mann für sich gewinnen? Ihn vielleicht schon gewonnen zu haben? Sie, Anna Maria Schinz aus Embrach, ausgerechnet sie? Wie vermessen von ihr, auch nur daran zu denken. Wie geradezu lächerlich, wie erbärmlich!

Und doch hatte er gesagt, dass sie jener glich, die er

als Erste aufrichtig geliebt habe. Hatte sie so bewundernd angesehen, sie, Anna Maria Schinz!

Ach, wenn man nur wüsste, dachte sie. Wenn man nur wüsste …! Sie saß mit geschlossenen Augen, an den Baum gelehnt. Die Welt war nur noch Geräusch und Klang.

Über ihr raschelte es leise. Etwas wirbelte da durchs Geäst, scheinbar der Wind. Aber es war nicht der Wind. Es war etwas, das sacht mit dem Wind dahinglitt, etwas sehr Altes, etwas Immerwährendes: das Wissen um alle Dinge. Dieses Wissen war immer da, immer und überall, es wusste alles, was je geschehen war und was noch kommen sollte, ja, sogar alles, was jemals hätte sein können; es säuselte um die Bäume, unhörbar für die Menschen, glitt durch das Geäst dahin und strich nun sanft über Annas Gesicht.

»Es ist wahr«, flüsterte es ihr zu, »neun Jahre trennen dich von deinem zukünftigen Mann! Der die Gabe besitzt, Gottes Wort den Menschen neu zu erklären.«

Es war das Wissen um die Dinge von Anbeginn der Welt bis in alle Ewigkeiten, und es liebte in pythischen Orakeln zu sprechen. Liebte es, den Menschen ihre Zukunft zu sagen, auch wenn sie es nicht eigentlich hören konnten. Nur etwas wie eine Ahnung drang manchmal, dumpf und unbestimmt, in ihr Bewusstsein.

Anna schlug die Augen auf. Ihr war, als sei da etwas gewesen. Irgendetwas. Sie wusste nicht, was es war. Manchmal hatte sie das Gefühl, da sei eine Stimme, die zu ihr sprach, nur ein Wispern, sie konnte sie nicht verstehen, sosehr sie auch innehielt und horchte. Versuchte ihr jemand etwas zu sagen? Manchmal dachte sie, es sei vielleicht ihre ältere Schwester, Anna Magdalena, die so früh gestorben war. Die sie so geliebt hatte und die ihr so fehlte. Die ihr so ähnlich gewesen war, fast wie eine ältere Erscheinung ihrer selbst. Neunzehn wäre sie jetzt, wenn sie noch lebte. Anna stellte sich manchmal vor, dass sie noch irgendwo sei, in ihrer Nähe, und dass sie zuweilen versuche, ihr etwas zu sagen. Jetzt nicht mehr so häufig, aber vor einigen Jahren hatte sie sehr oft mit ihr gesprochen, so als gäbe es sie noch, hatte ihr vieles erzählt und anvertraut und sie manchmal gefragt, was sie tun solle, wenn sie nicht weiterwusste. Als könnte sie, Magdalena, es ihr sagen. Manchmal glaubte sie diese Stimme zu hören. Oder stellte sich jedenfalls vor, was sie sagte. Versuchte im Säuseln des Windes und im Rauschen der Bäume eine Antwort zu vernehmen, so wie jetzt.

Sie schloss wieder die Augen und stellte sich vor, dass sie da wäre, jetzt, ganz nah.

»Bist du hier?«, fragte sie, leise, eigentlich gar nicht wirklich, es war nur in ihrem Kopf. »Ich weiß nicht, was ich tun soll. Kannst du es mir sagen?«

Wieder raschelte es im Laub, über ihr, hinter ihr. »Tu, was dein Herz dir befiehlt!«, sagte die Stimme in den Bäumen. »Was immer es befiehlt. Denk nicht nach und folge einfach deinem Herzen!«

Klopstock, der sah, dass sie die Augen geöffnet hatte, erhob sich und rückte zu ihr heran, sodass er ihr ganz nahe kam. Als sie erneut die Augen schloss, beugte er sich langsam zu ihr herüber, bis sein Mund dem ihren ganz nah war. Sie spürte es, spürte, wie seine Lippen die ihren berührten, sanft und warm. Fühlte seinen Atem und wie ihre Lippen sich regten, sich ein Stück öffneten. Wie ihre – beider – Lippen im Begriff waren, sich zu vereinigen.

Vor nichts in ihrem Leben hatte sie sich so gefürchtet wie vor diesem Kuss, doch nun, als es so weit war, war es schön.

Es war schön, ihn zu geben.

17

Die Zeit verging, nichts konnte die Sonne in ihrem Lauf aufhalten, und jetzt stand sie schräg über dem Wald und tauchte den Platz an der Landungsstelle stärker in Schatten, während das gegenüberliegende Ufer noch hell in ihrem Licht erstrahlte.

Die Halbinsel bot genügend Raum, jedem ein stilles Plätzchen zu garantieren, und so hatte sich die Gesellschaft nach und nach zerstreut. Werdmüller war mit der von Muralt, Rahn, dem Theologen Schinz und der Wolf in der Nähe des Anlegeplatzes geblieben, andere waren am Ufer entlangspaziert, so weit sich dies bequem bewerkstelligen ließ. Einige der Damen und Herren hatten sich sogar ihrer Schuhe und Strümpfe entledigt und ihre Füße und Waden in einer seichten Bucht gekühlt, die Mädchen mit unschicklich hoch gerafften Röcken. Manche waren mittlerweile freilich ganz verschwunden, hatten sich offenbar weit entfernt, ob allein, zu zweit oder in Gruppen, war nicht auszumachen. Zu ihnen gehörten Keller von Goldbach mit seiner koketten Grazie und Schinz mit der lebhaften Rotwangigen. Sie trudelten nun allmählich wieder ein, Klopstock und sein Burgfräulein zu guter Letzt.

Die Gesellschaft war in Plaudereien verstrickt, ganz Verschiedenes betreffend, was die Gemüter in diesen Tagen bewegte: die (weiterhin höchst fraglichen) Grenzbereinigungen zwischen Frankreich und Genf; das Niedergehen eines Meteoriten in Russland, der einige Zerstörung angerichtet hatte; Goethes Geburt in Frankfurt; aber auch hiesige Angelegenheiten. Männer von Bedeutung waren gestorben, deren Hinscheiden man wortreich bedauerte: Samuel König in Bern, hochgelehrt in Mathematik und Theologie, der einen guten Teil seiner Bildung in Zürich erhalten hatte, und, erst kürzlich, Samuel Lutz, der Pfarrer im bernischen Oberdiessbach gewesen war und dessen Schrift *Der unter den Stechdisteln mancherlei Widerwärtigkeiten hervorblühende Lilienzweig der sanftmütigen und alles erduldenden Liebe* einige Wirkung erzielt hatte.

Um ihn entspann sich eine lange Debatte, die Klopstock (ihn bewegten jetzt andere Dinge) wenig interessierte. Lutz war höchst umstritten gewesen, mit seinen eigenwilligen pietistischen Lehren, auch bei den Kirchenbehörden. Man parlierte, zeitweilig hitzig, über sein Wirken zum Wohle oder Schaden der göttlichen Sache. Hirzel ereiferte sich, wie es seinem leicht cholerischen Charakter entsprach (er erhitzte sich ebenso schnell, wie er sich wieder beruhigte), und geriet dabei in einen Disput mit dem Theologen Schinz, welcher den religiösen Eifer und die Unbestechlichkeit des Verstorbenen lobte, insbesondere dessen Feldzug gegen ein verweltlichtes Gewohnheits-Christentum, nämlich all jener, die den wahren Glauben bereits verloren – oder nie gehabt – hätten.

Schön und gut, sagte Hirzel, aber religiösen Eifer könne man auch übertreiben.

Genau das sei es ja, erwiderte Schinz. Wer sei denn heute noch in rechtem Ernst fromm und lege die gebotene *echte* Gläubigkeit an den Tag? Die Menschen wahrhaft zu bekehren, die nur wie schicksalhaft in ihren Glauben hineingewachsen seien, das sei eines der großen Anliegen dieses braven Mannes gewesen. Den Glauben eben nicht als etwas Selbstverständliches zu nehmen, nur weil er von den Ahnen überkommen sei, sondern ihn in die Seele eines jeden Menschen neu zu pflanzen und zu festigen. Vor allem da habe er sich verdient gemacht.

Womit denn, fragte Hirzel erbost. Mit seinen Massenversammlungen unter freiem Himmel, bei denen die Menschen sich wie toll gebärdeten, in der Behauptung, der Geist Gottes sei in sie gefahren, und die Damen reihenweise in Ohnmacht versanken? Ob diese Art theatralischer Aufführung gottgefällig sei, stehe ja wohl noch infrage!

Lauter sei dieser Mann gewesen, hochgebildet, schon im Kindesalter aufs Beste gelehrt im Hebräischen wie im Lateinischen.

Ach ja? Und wie habe es mit seinem Griechischen gestanden?

Sein ganzes Leben habe er der Verbreitung und Festigung des wahrhaftigen christlichen Glaubens geopfert.

Wie man höre, solle er seinen seelsorgerischen Eifer so weit getrieben haben, sich zu seinen Schäfchen in die Schlafstatt zu legen.

Über die Maßen pflichteifrig sei er gewesen. Und unverheiratet!

Umso verdächtiger!

Der Jugend habe er sich gewidmet!

Aha!

Der Disput ging so fort, doch riefen die Damen zur Mäßigung auf, spreche man doch von einem erst kürzlich dahingeschiedenen Mann Gottes, der, schon hinfällig, wacker zum vergangenen Osterfest seine letzte Predigt gehalten habe.

Da die Disputanten in fortschreitendem Maße ihrer Mundart verfallen waren, hatte Klopstock ohnehin nicht alles verstanden. Leise wandte er sich an Rahn. »Er hat den Kühen gepredigt – habe ich das recht verstanden?«

Rahn lachte. »Aber nein! Es handelte sich um die allegorische Deutung des Wiederkäuens.« Demnach hatte einer der Kernsätze des wackeren Gottesmannes gelautet: *Eine Kuh isset den ganzen Tag: so schaue du Jesum an, und betrachte ihn Tag und Nacht.*

Glücklicherweise war es bereits höchste Zeit für ein weiteres Mahl, dort auf dem sandigen Grund der Halbinsel, herrlich beschattet von den Eichen: Mitgebrachte Decken waren schon ausgebreitet, darauf die Speisen und Krüge mit kühlem Wein. Neben diversen Sorten Wurst, Schinken, Käse und Brot gab es vor allem Obst, getrocknet und frisch, Weintrauben, Kompott und süßes Gebäck, alles aus dem Wirtshaus am anderen Ufer herübergebracht. Hatte man geglaubt, nach dem opulenten Mittagsmahl nur wenig Platz für weitere Köstlichkeiten zu haben, erwischte sich nun beinahe jeder dabei, eifrig zuzulangen. Überhaupt schienen alle Beteuerungen zur Mäßigung vergessen, denn auch der

Wein machte wieder kräftig die Runde und trug nicht wenig dazu bei, die schläfrige Stimmung des Nachmittags zu vertreiben. Erneut verfiel man aufs Scherzen und verstieg sich zu allerlei Albernheiten. Vielsagende Blicke und einige forsche Bemerkungen waren den zurückgekehrten Paaren nicht erspart geblieben. So erging man sich in allerlei Neckereien. Anekdoten machten die Runde, und im Gewirr aus Stimmen hatte man zuweilen Mühe, zu Wort zu kommen.

Klopstock, zunächst erneut im Überschwange, bezeichnete den Ort als »eines der letzten Refugien des Paradiesischen auf Erden«, dem elysischen Tal Tempe gleich, wo Apoll den Reizen der jungfräulichen Daphne erlegen sei, ein Ort, der sich dem Alltäglichen entrücke, so wie man es nur selten an besonderen Plätzen erlebe. Ja, vielleicht nie zuvor sei er an einem vergleichbaren Ort gewesen. Ein Ort, wo man nachgerade die Anwesenheit der Naturgeister – Sylphen, Nymphen und Elfen – zu spüren glaube. Und: Es gebe doch nichts so Magisches wie einen Eichenwald. Doch dann wurde er still und schaute in die Runde derer, die hier beisammen waren.

Was für wunderbare Menschen! Freunde! Und was für ein Tag! Frei atmen unter Gleichgesinnten. Leben, endlich leben! Einfach nur da sein im Schoß von Gäa, der Mutter Natur, und eine Magie empfinden, die einem das Gefühl gab, an einen Ursprung zurückzukehren. Denn die Menschen waren nicht in Kleidern und nicht in Städten und Häusern auf die Welt gekommen. Mühsam hatte sich die Menschheit erheben und aufschwingen müssen aus einem natürlichen Zustand der Wildheit und Nacktheit; Völker auf fernen Kontinenten, die noch heute in einem der Ursprünglichkeit nahen Zustand verweilten, gaben davon Zeugnis. Die Menschen waren der Natur entwachsen, laut Gottes Plan und gemäß seiner unendlichen Weisheit, doch in ihren Schoß zurückzukehren war ein berauschendes Gefühl. Als stille man eine Sehnsucht, die lange unbemerkt Bestand gehabt, eine Art von Verlangen, das man erst erkannte, wenn man im Begriff stand, es zu erfüllen. Fast ein ganzes Leben in abgeschlossenen Räumen, in engen Straßen und Gassen, in Studierzimmern, Stuben und Kutschen. Und dann hier in freier Natur, in Sonnenschein, Hitze und Wind, speisen unter freiem Himmel, unter dem lichten Dach von Eichen, so schön, so angenehm berauscht vom Wein, Gefühle der Freundschaft und Hingabe im Herzen, welches der schönsten unter den Damen zuflog. Nur Schönes zu betrachten, nur Schönes zu empfinden, alle Lasten abzuwerfen und alles zu vergessen, was mühselig, betrüblich war.

Bodmer fiel ihm ein. Er dachte mit Schaudern an das düstere Haus am Hang, dessen Fensterläden zur Stadt hin stets verschlossen blieben, wie um sich abzuschotten vom städtischen, alltäglichen Leben, von der profanen Welt. Man hatte das Gefühl, man betrete eine Gruft. Bedrückend war das, bei aller Heimeligkeit der schmucken Vertäfelungen und kunstvoll verzierten Balken, der Kupferstiche und Wandkeramik, die das Haus eigentlich zu einem gemütlichen Ort hätten machen müssen. Alles war von einer seltsamen Kargheit, und vor allem war es Licht, was dem Haus fehlte. Licht, um zu vertreiben, was in den schummrigen Ecken zu hocken schien wie Kobolde.

Während die anderen lärmten und schwatzten, rückte er ganz ab von allem um ihn her, und plötzlich drängten sich ihm Verse in den Sinn, erst im Werden begriffen. Unbemerkt von den anderen vollzog sich das Wunder des Dichtens, der unvergleichlichen Stimmung geschuldet, die ihn gerade eben noch durchdrungen hatte. Und so verfasste Klopstock allein im Geiste, still für sich ein Gedicht, um es später (sofern er es noch erinnerte) aufzuschreiben. Er gedachte es »Eden« zu nennen.

Gott, in Deinem Walten muß eines Tages sein,
Der allen anderen leuchtet. Welcher alle überstrahlt
Und der zu heißen wäre: der Schöpfung schönster.

Ein Tag, geschaffen die Welt zu krönen. Da nichts
Denn hehres Denken uns're Herzen erfüllt
Und alles Irdische noch einmal ist, wie ehedem:
der Garten.

O, daß es jetzo wäre! Daß es wäre uns vergönnet.
Uns! von warmen Winden umweht, auf der Insel der
Seligen,
Zu schauen: die Welt an ihrem schönsten Tag!

Hier nun fiel ihm dies ein, eine Rohfassung, sicherlich, doch derart wollte er die Erinnerung an diesen Tag in eine Form gießen. Wie immer, wenn ihn starke Empfindungen beseelten, waren sie bemüht, nach außen zu dringen, sich über das Medium der Poesie zu manifestieren. Gedanken und Worte wollten überfließen. Mehr noch wollte er schreiben: eine Ode. Eine Ode an den

Tag, an die Fahrt und den Kreis der Freunde. An das Sinnbild des verlockenden und verführerischen Weibes, dessen Wangen, Mund und Hals er geküsst hatte in einem nur mühsam beherrschten Aufwallen hitziger Leidenschaft.

Klopstock war, als müsse er bersten. Die Kräfte, die sich nun an die Oberfläche drängten, waren noch weniger zu bändigen als die Mächte der Poesie. Erneut erfasste ihn beim Anblick von Annas Haar und Mund, ihrer wunderbar schlanken Taille und dem so hübsch geblümten Kleid eine Begierde, die sich kaum niederdenken ließ. Es durchfuhr seinen Leib wie ein Aufwallen.

»Was ist, mein Freund?«, fragte Werdmüller neben ihm. »Sie sind so still? Ist Ihnen nicht wohl?«

»Zu wohl!«, sagte Klopstock scherzhaft. »Ich muss mich bloß einmal kurz zurückziehen.«

Werdmüller zwinkerte. »Das sind die Trauben«, sagte er. »Die treiben.« Er kicherte.

18

Klopstocks Rückzug, wie er sich erhob und von den anderen wegschritt, blieb unkommentiert (da allgemein kaum bemerkt), und im Übrigen wäre pietätlos gewesen, jemanden zur Rede zu stellen in einer Situation, die den »Ruf der Natur« durchaus vermuten ließ. In den vergangenen Stunden war schon dieser oder jener in die Verlegenheit gekommen, sich ein Stück weit in den Wald zurückzuziehen, die Damen immer zu zweit, da allein das – auch im Sinne des Wortes – notdürftige Ablegen der Kleider und Unterkleider der Assistenz bedurfte, die Herren alleine und nach Möglichkeit unauffällig. Immerhin war seit dem Aufenthalt im Gasthaus am anderen Ufer mittlerweile so manche Stunde vergangen, der Genuss der Speisen und des vielen Weines forderte seinen Tribut.

Klopstock schlug sich durch Büsche und zwischen den Bäumen dahin bis zu einem einsamen Platz am See, wo er sich durch dichtere Vegetation von allem gut verborgen wusste. Dort verübte er ein schon hochnotwendiges Wasserlassen, doch wollte er die Gelegenheit nutzen, ein noch dringenderes Bedürfnis zu befriedigen, das mittlerweile so mächtig wie quälend war. So ließ er seine Hose gesenkt und gab sich der Erinnerung an den Anblick und den süßen Geruch der entzückenden kleinen Schinzin hin, spürte noch einmal nach, wie sie scheu seinen Kuss erwidert und geduldet hatte, dass er ihren Hals hinab küssend den Kopf auf ihre Brust in den raschelnden, duftigen Stoff des Kleides senkte. Und so, das Werkzeug der Zeugung in Händen und dieses in einem solchen Zustand der Überempfindlichkeit, dass Zutun kaum erforderlich war, steigerte er sich in die höchsten Wonnen geschlechtlicher Empfindung und näherte sich dem Augenblick der Erlösung.

In hohem Bogen – und in aufgestauter Fülle – ließ er seinen Nektar in mehreren erquickenden Stößen hervorschießen und betrachtete aufstöhnend und mit von aufsteigender Schwärze vor den Augen leicht getrübtem Blick, wie das Hervorgebrachte ein ganzes Stück weit in den See klatschte, wo Fischmäuler auftauchten, danach schnappten und sich so einen guten Teil davon einverleibten.

Wohl bekomms, dachte Klopstock. Der noch eine Weile stehen blieb, im sachten Wind, bis sich alles an ihm und in ihm entspannte.

Er genoss das Gefühl des auch innerlichen Erschlaffens und der Ernüchterung, das wie eine Rückkehr war in die Wirklichkeit, war nur damit befasst, langsam zu Atem zu kommen.

Wie nahezu alle Halbwüchsigen dieser Welt hatte er schon vor langer Zeit in einem aussichtslosen Kampf mit dem lastenden Gefühl der Sündhaftigkeit und der verzehrenden Angst vor ewiger Verdammnis schließlich mit den körperlichen Bedürfnissen seinen Frieden gemacht.

So war ein Schuldgefühl nun lediglich im Ansatz spürbar (ganz vermeiden ließ es sich nie), doch denjenigen wollte er sehen, der bis zu seinem siebenundzwanzigsten Lebensjahr nicht dann und wann überschäumenden Begierden (auch sie schließlich von Gott gegeben) Luft machen musste. Gewiss, Mäßigung war (wie in allem) ein Gebot der Vernunft, doch waren die Verlockungen weiblicher Reize nun einmal dazu angetan, beim männlichen Geschlecht unvermeidlich eine Saite anzuschlagen. Warum musste auch Gott das weibliche Geschlecht dem Manne so begehrlich machen! Und warum mussten die Damen so beflissen ihr Äußeres, mehr noch als von Natur gegeben, gefällig machen, indem sie sich kleideten und frisierten und auf jede nur erdenkliche Art herausputzten! Wie ihre Münder und ihre schönen Augen lockten, wie allein eine aufrechte Haltung und die Grazie fließender Bewegungen über die Maßen entzücken konnten!

Als verwerflich galt die unzweisame Befriedigung der fleischlichen Lüste, doch oh Wonne, die dadurch geschenkt! Welche Befreiung, wenn die verleiteten Sinne sich danach wieder unverwirrt den höheren Dingen zuwenden konnten, nicht länger gelenkt wie von einer parasitären Macht, nicht länger vergiftet von einer unbarmherzigen Besessenheit, die allerdings letztlich die Bestimmung des Menschen erfüllen half.

Klopstock (wieder ganz verhüllt) verharrte noch einige Minuten in seiner Einsamkeit. Es war ein Zustand, den er von Kind an ebenso gelitten wie geliebt hatte. Immer wieder hatte es ihn zum Alleinsein gedrängt, da nur dann die Gedanken so ganz frei fließen und sich ihren

Weg bahnen konnten. Damals, als Kind, waren ihm die Klarheit des Verstandes und der Überreichtum seiner Fantasie noch nicht recht bewusst gewesen. So wie Kinder mangels Lebenserfahrung noch nicht in der Lage sind, in großen Zusammenhängen zu denken, nahm auch er die Gegebenheiten seines Verstandes und Charakters für natürlich. Gewiss, dachte er, war er von anderen Kindern in keiner Weise verschieden als bloß in ererbten und ganz eigentümlichen Verhaltensweisen, wie sie jeder Erdenmensch mit auf die Welt brachte. Es hatte ihn lange Zeit gekostet, zu erkennen, in welchem Maße sein Verstand, sein Empfinden, seine Gabe der Auffassung sich von denjenigen der meisten abhoben. Dass seine Fantasie Möglichkeiten auszuschöpfen in der Lage war, die über das Gewöhnliche weit hinausgingen, er über Mittel des sprachlichen Ausdrucks verfügte, von denen andere nur träumen konnten. Immer zu denken, immer im Kopf das Werden von Bildern und Szenen, die sich zu Geschichten und Versen verdichteten. Nicht wie andere beim Gottesdienst bloß dazusitzen und unbeteiligt zuzuhören, sondern das Gehörte im Geiste umzuwälzen, neu, in anderen Farben und Formen erstehen zu lassen. Nach dem Studium einer Bibelstelle stundenlang in Grübeln zu verharren, sich unablässig Fragen zu stellen und einen Durst nach Wissen zu pflegen, der nur stärker zu werden schien, je mehr man ihn befriedigte. Er wusste mittlerweile, dass sich die meisten Menschen eine derartige Wachheit des Verstandes, eine solche überquellende Fantasie (und Empfindsamkeit) nicht einmal vorzustellen vermochten. Es war, als verfüge er über einen zusätzlichen Sinn oder ein weiteres inneres Organ, eine Instanz der Wahrnehmung und der Reflexion, die ständig bedient werden wollte und doch eigentlich selbsttätig agierte.

Und dann die Fähigkeit, von Dingen so über Gebühr angerührt zu werden, alles in überreichem Maß zu empfinden: Liebe, Trauer, Schmerz. Vergänglichkeit. Und, oh ja, auch Freude. Auch die Freude kam zuweilen mit einer Macht daher, die natürlichen Urgewalten gleichkam. So wie heute. Und dann doch – manchmal selbst inmitten der Freude – die Anflüge von Melancholie. Dieses Einfallen einer tiefen Traurigkeit über die Dinge in einem nur nebelhaften Erfassen ihrer Unergründlichkeit. Kaum je das Glück einmal rein und ungetrübt genießen zu können.

Sinnen, Studieren, Verseschreiben: Dies alles bedingte eine tiefe Einsamkeit, denn es ließ sich nun einmal nicht in Gesellschaft von Freunden und im Kreis fröhlicher Zecher bewerkstelligen.

Und gerade jetzt, nach der notdürftigen Befriedigung der fleischlichen Gelüste, diese Klarheit des Verstandes, diese ernüchternde Tiefe des Denkens und Empfindens, stärker als die einsetzende Mattigkeit!

Was ist der Mensch doch für ein albernes Geschöpf, dachte Klopstock. Ein Leben lang denkend, blind handelnd und strebend, immerzu strebend, begrenzt, eingeschränkt, gepeinigt von niederen Bedürfnissen, die der Entwicklung zu Höherem immerzu im Wege stehen. Wie lächerlich er jetzt dastand, ein göttliches Versepos in seinen geistigen Lenden, und doch genötigt, seinen Urinstinkten Befriedigung zu verschaffen. Er blickte aufs Wasser des gänzlich unempfänglich gebliebenen Zürichsees.

Dass man von derlei sündhaftem Treiben taub werde, sagten die Alten und die geistlichen Lehrer, dass man derart an Körper und Seele Schaden nehme und sich in Verschaffung momentaner (und nur fadenscheiniger) Glückseligkeit ausgleichenden Geschicks mit Übel behafte, am Ende gar die Fruchtbarkeit und den Segen der Stammhalterschaft aufs Spiel setze. Vielleicht, dachte er, war ja doch etwas an diesen Reden, und er würde, Gott befohlen, für die Verschwendung seiner Manneskraft eines Tages die gerechte Strafe erhalten.

Gewahr werdend, dass er eine ziemlich lange Zeit so allein zugebracht hatte, machte er sich eilig auf den Rückweg, bevor man etwa nach ihm rufen und forschen würde. Dabei hätte er sich im Eifer beinahe noch verlaufen. Irrte umher, bis er eine Stimme und ein Kichern vernahm, und als er durch tief niederhängendes Gezweig äugte, entdeckte er eines der Paare in trauter Zweisamkeit, hingehockt ins Moos, sie mit dem Rücken zu ihm, in seinen Armen, ihr Kleid über die Schultern hinabgeglitten, und diese – und noch ein wenig mehr – in aller Blöße enthüllt. Kaum gelang ihm auf die Distanz, verlässlich auszumachen, um wen es sich handelte. So sehr ihn die Versuchung trieb, eine nähere Betrachtung insbesondere der weiblichen Reize anzustrengen, so dämpfte ihn doch seine noch anhaltende Mattigkeit. Auch konnte er sich eines (gewohnheitsmäßig eintretenden) Gefühls der Reue nach dem jüngst Geschehenen nicht erwehren. Noch mehr Sündhaftigkeit wollte jetzt vermieden werden. Im Übrigen war die Angst vor Entdeckung eine so starke und bestimmende Motion, dass er sich hütete, durch ein Näherkommen seine eigene Person zu verraten. Stattdessen schlich er fort, in einem Bogen, der ihn binnen Kurzem zurück ans Wasser brachte.

Als er zur Anlegestelle kam, war die Tafel endgültig aufgehoben und ihre Spuren beseitigt; was an Notwendigem mitgebracht worden war, befand sich, wie auch ein Rest der Speisen und Getränke, wieder an Bord des Schiffes.

»Ah, Klopstock!«, sagte Werdmüller, der ihn herankommen sah. »Ihr wirkt erleichtert.« Sein Grinsen sah irgendwie wissend aus, und Klopstock konnte nicht verhindern, dass ihm für einen Moment mulmig zumute wurde. Und wie ein jeder, der Geheimes im Verborgenen tat, fragte er sich, ob man ihn nicht vielleicht doch beobachtet habe.

19

Madame von Muralt saß im wohltuenden Schatten hoher Eichen am Ufer und kühlte sich die Füße im See. Mochten die jungen Leute weiter ihrem Erlebnisdrang nachgehen und ihre Freude auskosten. Ihr war es recht. Sie wollte nur einen Moment verschnaufen, sich in der drückenden Hitze so wenig als möglich bewegen. Es war – schon bis hierher – ein langer Tag gewesen.

Ein wenig beneidete sie die jungen Leute um ihren Elan. Sie zu beobachten erinnerte sie an die Zeiten, da sie selbst noch jünger, beweglicher, agiler gewesen war, eine etwas schmerzliche Erinnerung. Ja, die Zeit verging, man wurde älter. Zu gewissen Momenten trat einem die Fortgeschrittenheit und Endlichkeit des eigenen Daseins mit einem Mal vor Augen. Vor allem wenn die Vertreter nachfolgender Generationen sich gebärdeten, wie man es selbst noch vor scheinbar erst kurzer Zeit getan, und ganz besonders, wenn man diese schon als Kinder gekannt hatte.

So fand man sich, dem Anschein nach recht unvermittelt, gealtert, musste an sich selbst erkennen, was einen bei Altersgenossen, die man länger nicht gesehen hatte, berührte und erschütterte: das Ergrauen des Haares, die kahl gewordenen Köpfe, die Unförmigkeit des Körperlichen. Aus schlanken jungen Männern wurden gesetzte Herren, knorrig und verhärmt oder auch rundlich und feist. In die Gesichter und die Haltung einst junger Damen gruben sich die Spuren der Vergänglichkeit. Erschütternd war das, zumal an einem selbst. Hatte man ernsthaft geglaubt, verschont zu bleiben? Schnell war die Jugend dahin, man blickte ihr staunend nach, war sie doch davongegangen in einer Heimlichkeit, die wie Verrat erscheinen wollte.

Nein, es ging nicht mehr wie früher, der Schlaf kam nicht mehr so fraglos und natürlich wie ehedem, Beweglichkeit und Schwung gingen (auch mit zunehmender Körperfülle) dahin, alles befand sich zusehends im Verfall. Es war der Lauf der Dinge. Man erkannte diese Gesetzmäßigkeit zuweilen mit Staunen, tief rumorendes Unverständnis kam mitunter einem Aufbegehren gleich. Dann, mit der Zeit, gewöhnte man sich daran, machte damit seinen Frieden – und hinkte doch immer hinterher, versöhnte sich im Grunde immer aufs Neue mit einem Grad der Veränderung, den man in Wahrheit wiederum bereits überschritten hatte.

Und war es als Frau nicht ungleich schwerer? Wie man schon unter der Hitze dieses Sommers zu leiden hatte! Wo einen doch ohnehin die Wallungen von Hitze überkamen, die einem das Verblühen der Weiblichkeit so brüsk vor Augen führten. Jahr um Jahr musste man das erdulden und doch immer darüber schweigen, es hinnehmen als gottgegeben. Das Erblühen zur Frau hatte sich über Jahre hingezogen, und über Jahre zog sich auch das Verwelken dahin. Immerhin, gottlob, die Zeiten der Empfängnis waren vorbei, das hatte auch sein Gutes, es war schließlich überstanden, das Kinderkriegen. Geradezu auserwählt konnte man sich vorkommen, nicht Opfer des Kindbettfiebers und anderer Gefahren geworden zu sein, denn wie viele – allzu viele – Mütter hatte sie dahinscheiden sehen, und wie viele der Männer waren auf diese Weise in Not geraten, sich andere, jüngere Frauen zur Gattin zu nehmen, es war ja so gottgewollt, offenbar, wer wollte mit den Ratschlüssen des Himmlischen im Ernst hadern!

Schließlich, den Bedürfnissen der Männlichkeit musste Rechnung getragen werden. Sie selbst hätte davon viel erzählen können. Ja, gottlob waren sie vorbei, die Zeiten der Empfängnis und auch der findigen Manöver, eine solche zu verhüten. Ihre Schwangerschaften lagen nun lange zurück, und sie hatte sich zu enthalten gewusst, weitere einzugehen. Hatte keinerlei Lust verspürt, eines Tages dann doch im Kindbett ihr Leben hinzugeben oder das mühsam zur Welt Gebrachte früh begraben zu müssen. Wusste sie doch zur Genüge, wie derlei Ereignisse den Herzen der Mütter bleibenden Schaden zufügten. Die Welt war hässlich, und sie war es besonders für die Frauen. Wohl dem, der Wege und Mittel fand, sich dieses Dasein mit der Zeit schöner und angenehmer zu gestalten. Wege zur männlichen Lustbefriedigung gab es viele, freilich galt es sie zu entdecken und nutzbar zu machen. Lieber die damit verbundenen Unannehmlichkeiten erleiden als in die Mühle der immer wiederkehrenden Schwangerschaften zu geraten. Gespräche mit Damen, die von derlei mehr verstanden, hatten sich als äußerst nützlich erwiesen. Deren

Ratschläge waren ihr letztlich nicht verwerflich erschienen, geschah doch nach wie vor alles innerhalb des heiligen Bundes der Ehe. Ohnedies hatte sie gelernt, dass es im Leben eigentlich für alles Hintereingänge gab. Und schließlich hatte sie ihre Pflicht an der göttlichen Ordnung bereits getan und für Nachkommenschaft gesorgt.

Sie betrachtete das Treiben der Jüngeren um sie herum mit dem leichten Kopfschütteln angehender Weisheit. Vielleicht – nein, sicherlich – hätte die hier aufgeführte Scharade sie empören müssen. Doch war der Gang der Dinge an diesem so herrlichen, so besonderen Tag nur ein Abbild der natürlichen Bestimmung des Menschen: dem anderen Geschlecht zu gefallen, sich in – beneidenswertem – jugendlichem Drang der inneren Berufung zu fügen. Erst wenn man älter war, hatte man Zeit, diese Dinge zu hinterfragen, erst dann wurden einem die natürlichen Gebote bewusst, die man in der Jugend ganz einfach befolgte, ohne sie noch überhaupt benennen zu können. Eine gewisse Gelassenheit hatte sich bei ihr eingestellt. So waren nun einmal die jungen Burschen, und so waren die jungen Gänse. Sie hatten kaum etwas anderes in ihren Köpfen als die Anziehung des anderen Geschlechts. Schon allein darum war eine gestrenge geistliche Aufsicht und Vermittlung sittlicher Inhalte unverzichtbar. Um das Schlimmste zu verhindern, die erwachenden Kräfte und Neigungen der erblühenden Geschlechter im Zaum zu halten.

Ein wenig schmunzeln musste sie dabei wohl, war ihr doch im Vorhinein klar gewesen, warum es ihrer Teilnahme an dieser Unternehmung bedurfte. Zweifellos waren sich Hirzel und andere ihrer durchaus liberal zu nennenden Einstellung in diesen Dingen bewusst. Nicht etwa, dass sie Maß- und Zügellosigkeit gebilligt hätte. Anstand und Mäßigung verteidigte sie allemal. Doch hatte sie vielleicht einen schärferen Blick für alles, was im Dasein nun einmal unabänderlich war. Sollte die Jugend doch ein gewisses Maß an Vergnügen haben. Was war dabei, sie ein wenig scherzen, tanzen, miteinander trinken und poussieren zu lassen? Hände waren schließlich da zum Ergreifen und Ertasten, Augen dazu erschaffen, ihre ganz eigene Sprache miteinander zu führen, der es an Worten nicht bedurfte. Und ein Kuss – mein Gott, was war schon ein Kuss! Die Grenzen bei alldem einzuhalten wussten die Mädchen und Frauen selbst gut genug. Das Schicksal eines gefallenen Mädchens in Zürich war so wenig ein Zuckerschlecken, dass dies allenfalls in niederen Kreisen zur Erfüllung kam. Dass Mägde und Handlangerinnen Opfer ihrer Begierden oder Schwächen (und oft eigentlich ihrer Stellung) wurden, würde es auf Erden wohl immer geben, selbst hier. Doch die jetzt anwesenden Damen, gerade die jungen und ungebundenen, würden sich zu hüten wissen.

Wie Kinder waren sie, naiv, unerprobt und ihrem Drang nach Erfahrung gehorchend. Und Klopstock mitten unter ihnen. Ein seltsamer, ein interessanter, ein faszinierender Mann. Ein Schöngeist, ein Genie – und ein Gockel. Ein gebildeter, weltmännischer Vertreter des geistigen Adels – und doch ein entsetzlicher Aufschneider und Kindskopf. Wie er es genoss, dass jedermann an seinen Lippen hing! Wie zügellos, geradezu albern er manchmal auflachte! Und wie selbstgefällig er mit einer nur zur Schau getragenen Bescheidenheit kokettierte!

Schön war er wahrlich nicht, doch gerade von jener mangelnden Ansehnlichkeit, die nicht wenige Damen auf geheimnisvolle, widersinnige Art faszinierte, indem sie so etwas wie einen Beschützer- und Mutterinstinkt weckte. Es handelte sich um Züge des Wesens und der Äußerlichkeit, welche über Unzulänglichkeiten der Erscheinung – mangelnde Größe, einen rechten Zinken, Kahl- und Rundköpfigkeit – hinwegsehen ließen, umso mehr, wenn sie gepaart waren mit beachtlichen Möglichkeiten des Verstandes und einem Hauch von Genie.

Nein, schön waren solche Männer nicht, doch von einem widersinnigen Charme, indem sie fehlende Vorzüge durch lautes und regelrecht forsches Auftreten sowie eine Courage in modischen Dingen mehr instinktiv als bewusst wettzumachen suchten. Kein Zweifel, Klopstock war ein leuchtender Vertreter dieser seltsamen Rasse. Ein würdigeres Exemplar hatte sie, Madame von Muralt, nie gesehen.

Klopstocks Interesse an den Damen war unübersehbar. Zu lange wohl hatte er in Studierstuben gesessen und war, ein denkerhafter Bücherwurm, dem anderen Geschlecht wenig verlockend erschienen, sodass er jetzt, da der Ruhm und Flor eines gewürdigten Poeten ihn umstrahlte, geneigt schien, Versäumtes nachzuholen. Wie er bemüht war, ihnen zu gefallen! Doch auch das weckte ein widersinniges Mitgefühl, wiederum eine Art von mütterlicher Regung. Was für ein verlockendes Gedankenspiel: ihm, der in der Lage war, seinem Verstand so göttliche Verse zu entlocken, wie zur Belohnung körperliche Freuden zukommen zu lassen, ihm – selbstredend in Grenzen – willfährig zu sein. Ein Spiel, bei dem man sich selbst gut, gar erhaben fühlen konnte, fiel doch gewissermaßen ein Teil seines Glanzes auf einen selbst. Nun, sie persönlich kam nicht mehr in Betracht, hatte sich jedoch sehr wohl bereits berufen gefühlt, in Gedanken durchzuspielen, wie es hätte sein mögen, wäre sie jünger gewesen. So jung und aufreizend schön wie die kleine Schinz, der Klopstock so unbeherrscht zugetan war. Ein Umstand, der diese (daran gänzlich unschuldig und dieser Gunst geradezu unterworfen) im Nachhinein durchaus kompromittieren mochte – ein Unheil, das kommen zu sehen zwar ihr, der untadeligen Begleiterin, gegeben war, doch wohl kaum der kleinen Prinzessin selbst. Armes Ding!

Ach, sie waren alle so täppisch und unerfahren, dass es Freude machte, ihnen zuzusehen. Wie die Männer nach den Frauen gafften und ihnen manchmal jene Gier in die Augen stieg, die sie so arg bemüht waren zu verbergen. Wie geziert die Damen taten, als wären sie unbeteiligt und keineswegs ihrer Anziehung gewahr. Wie sie die Blicke gesenkt hielten und doch aus den Augenwinkeln alles notierten, so wie sie es über die Mädchen- und Jugendjahre hin gelernt hatten. Gerade jetzt glotzte der bereits ältliche Wolf der jungen Keller – wieder einmal – auf die Brüste, überreich ausgeformt, wie diese nun einmal hervortraten. Leidtun konnte sie einem, mit ihrem voluminösen Busen und den breiten Hüften, wie geschaffen zum Gebären und Stillen, hübsch anzusehen und jedem Manne gewiss ein fortwährender Anreiz zur Einforderung seiner ehelichen Rechte. Vermutlich würde sie jung im Kindbett sterben, vielleicht nach der Geburt des dritten Kindes, und alle Schönheit und Wohlausgeformtheit wäre dahin. Nicht einmal dreißig zu werden – wie arg war das allzu vielen vorherbestimmt. Das blühende Leben war die Kleine jetzt, und sie, die von Muralt, die »ehrwürdige Matrone« (sie wusste nur zu genau, wie man sie nannte), empfand im merkwürdigen Anflug einer seherischen Gabe bei ihrem Anblick beinahe so etwas wie Trauer.

Klopstock tauchte auf, er kam zurück aus dem Wald, dort hatte er sich, dem Anschein nach, recht vergnügt. Fragte sie artig, ob sie sich wohl befinde, Lob aussprechend für ihren Entschluss, sich derart im kühlenden Nass des Sees zu erfrischen.

»Werter Klopstock«, sagte sie, die Gelegenheit nutzend, sich von ihm aufhelfen zu lassen, »Sie machen mir doch wohl die Freude, nach Rückkehr von Ihrer kleinen Reise nach Winterthur gelegentlich in meinem Hause einzukehren. Wie mir scheint, verstehen Sie etwas davon, ungezwungen zu feiern. Und, nicht wahr, das Leben ist doch kurz und die Freuden sind darin so dünn gesät, da wird es Gott doch wohl kaum verübeln, wenn wir ein wenig Ausgleich schaffen und uns des Weins, der Musik und angenehmer Gesellschaft erfreuen!«

»Es wird mir eine Ehre sein«, sagte Klopstock, küsste ihr in vollendeter Manier die Hand, reichte ihr den Sonnenschirm, und als er sie, ein wenig stützend, auf den Weg brachte, fort vom Seeufer, umfasste er ihre Taille, so beherzt und mit so wenig Zurückhaltung, dass ihr das Blut angenehm fühlbar in den Kopf drängte.

Klopstock fand seine Schinzin im Gespräch mit den jüngeren Mädchen, und als er sich zu Hirzel und einigen anderen gesellte, die ganz in der Nähe beieinandersaßen, ließ nichts darauf deuten, dass sie zu ihm herübergeäugt hätte. Doch spürte er, dass sie aus dem Augenwinkel unablässig seiner gewahr blieb. Wie auch er sich ständig bewusst war, wo sie sich befand und was sie tat. Wohltuend, sie anzuschauen und, den Geist befreit von profaner Begier, (jetzt wieder) nur noch das Edle und Schöne in ihr zu sehen.

Schon begann man sich – die Männer rauchend – wieder zu entfernen, um noch ein Stück am Seeufer zu lustwandeln, doch mahnten die länger werdenden Schatten zum Aufbruch, wollte man Zürich noch zur Nacht erreichen. Unter dem Dach der Baumkronen war es schon schummrig geworden, während der See jenseits der Uferschatten noch im Licht der langsam dahinsinkenden Sonne glänzte.

»Zurück aufs Schiff!«, wurde das Kommando gegeben, dem von allen Seiten Rufe der Enttäuschung und Empörung folgten. Nicht anders als bei einem Kinderfest unternahm man Anstrengungen, das Ende der Verlustigung zu verzögern und einen Aufschub zu erwirken, allein, die Mahnungen der Schiffer waren eindeutig.

So kehrten denn alle nacheinander zurück auf ihr Gefährt, wobei Klopstock in vollendeter Missachtung der ursprünglichen Ordnung die Schinzin an die Hand nahm und an Bord führte. Rührend, wie sie dabei eilfertig und wie selbstverständlich an seine Seite trat, mit ihm dahinschritt und dann – immer noch an seiner Hand – gleich neben ihm Platz nahm.

Schließlich waren alle vollzählig, die Vertäuungen gelöst. Ganz allmählich entrückte das Schiff dem Ufer. Hinter ihnen entfernte sich langsam die wunderschöne

Insel, ein lichtes Meer von Eichen, deren Kronen prachtvoll getaucht lagen in gleißendes, tiefgelbes Sonnenlicht.

Wehmütige Bekundungen wurden laut, ein Jammern und Zähneknirschen kam in Gang. Doch nicht nur spielerisch, sondern in rechtem Ernst fiel dieser Abschied allen schwer, denn hier hatte jeder auf seine Art glückliche, allzu glückliche Stunden verbracht. Echte Bestürzung war insbesondere in den Augen der Damen zu erkennen, während die Herren ihre Empfindungen hinter würdiger Haltung der Gefasstheit zu verbergen suchten (wenngleich man Hirzel seine Rührung ansah; für einen Arzt zeigte er ein erstaunlich empfindsames Gemüt). Eine der Damen zückte ein Taschentuch, sie hatte wahrhaftig Tränen in den Augen, und allen, ohne Ausnahme, war beklommen zumute, weil nun, wenn auch bis zur Ankunft noch Stunden vor ihnen lagen, unabdingbar die Rückfahrt begann.

Während die Insel klein und kleiner wurde, kehrte völlige Stille ein, die Menschen rückten instinktiv zusammen, standen, saßen beieinander und umfingen einander, fassten sich an den Händen.

Die Vertreibung aus dem Paradies, dachte Klopstock. Und so hatte es ja auch kommen müssen, nach dem Sündenfall.

20

Das Schiff musste nun nicht mehr ans andere Ufer übersetzen, sondern konnte von der Halbinsel aus quer über den See die Rückfahrt in Richtung Zürich antreten. Der Ort Meilen, den sie nach Mittag verlassen hatten, blieb somit jedoch eine Zeit lang ihren Blicken ausgesetzt.

Überhaupt bot sich den betrübten Ausflüglern aufgrund des fortgeschrittenen Umlaufs der Sonne alsbald ein ganz verändertes Bild. Farben und Schattierungen hatten sich in erstaunlichem Maße gewandelt. Schon warfen die Berge im Süden weite Schatten; auf dieser Seite des Sees wurden die Uferpartien nur noch schräg angestrahlt, direkt am Wasser waren dunkle Linien entstanden, während die andere Seite, der sie jetzt wieder allmählich zusteuerten, ganz in goldenes Licht getaucht war. Dort waren folglich die Weinberge zahlreicher und machten jetzt ein schönes Bild in der abendlichen Sonne, die immer noch kraftvoll von einem blauen und wolkenlosen Himmel herabschien.

Die Betrübnis schwand schnell mit den ersten Beschreibungen der gewandelten Landschaft, man bemühte erneut die gängigen Begriffe zum Ausdruck der

Begeisterung. Schon wurde hier eine spaßhafte Bemerkung gemacht, dort ein Bonmot geschmiedet, zaghaftes Lachen mischte sich in das allmähliche Aufkommen der Stimmen.

Schnell kam man auf die Idee, Klopstock um einen weiteren Vortrag zu bitten, bevor die Lichtverhältnisse ein solches Unternehmen fraglich werden ließen. Und schön war es für die Bittsteller, zu sehen, dass dieser dem Anliegen nicht allein pflichtgemäß oder höflich, sondern mit Eifer entsprach, sodass ihnen das Gefühl gegeben war, ihre Anteilnahme sei ihm wertvoll und wichtig, dass er ihnen die Vergünstigung der Zuhörerschaft mit Freuden zukommen ließ.

Aus dem noch im Entstehen begriffenen fünften Gesang seines *Messias* gab Klopstock nun die Episode um Abbadonna, einen gefallenen Engel, zum Besten, der sich auf die schimpflichste Weise von allem Guten und Göttlichen abgewendet und auf den Bund mit Satan eingelassen hat und der nun verloren und in Herz und Seele leer und unerfüllt durch die kosmischen Weiten irrt, unbändig angezogen von dem, was er einst verraten hat, auf der Suche nach dem Erlöser.

Aber seitwärts an dem Gebirge kam Abbadonna
In den Hüllen der schweigenden Nacht und sprach zu sich selber:
»Ach, wo werd' ich endlich ihn finden, den Mann, den Versöhner?
Zwar bin ich unwürdig, zu sehn den Besten der Menschen;
Aber ihn hat doch Satan gesehn. Wo soll ich Dich suchen,

Und wo find' ich endlich Dich auf, Mann Gottes,
Versöhner?
Alle Wüsten hab' ich durchirrt. Ich bin zu den Quellen
Aller Flüsse gegangen. In aller dämmernden Haine
Einsamkeit hat sich mein Fuß mit leisem Beben verloren.
Zu der Ceder hab' ich gesagt: Verbirg Du ihn, Ceder,
O, so rausche mir zu! Ich sprach zu dem hangenden
Berge:
Neige Dich, einsamer Berg, nach meinen Tränen
herunter,
Dass ich sehe den göttlichen Mann, der etwa dort
schlummert!«

Die Reumütigkeit dieses großen Sünders dauerte die andächtig lauschenden Mitfahrer sichtlich, wie es vom Dichter sehr wohl beabsichtigt schien, und Gefühle der Barmherzigkeit rührten sich in ihren Seelen, wie es einem guten Christen gemäß der Lehre des Heilands wohl anstand.

Diese Regungen wurden übermächtig, als Klopstocks Vortrag jene ergreifende Stelle in Abbadonnas Monolog erreichte:

»… Ich bin unwürdig, Dein Antlitz,
Ach, unwürdig, die Blicke zu sehn, mit welchen Du
lächelst,
Bild der Gottheit, unsterblicher Mensch! Du erlösest nur
Menschen;
Mich erlösest Du nicht! Du hörst die jammernde Stimme
Meiner Ewigkeit nicht! Ach, Du erlösest nur Menschen!«

Dies verfehlte seine Wirkung nicht, in den Gesichtern war Entsetzen zu lesen, ganz als wäre dies nicht reine Poesie, nicht bloß Ausgeburt einer reichen Fantasie, sondern als seien sie selbst Zeuge jener Anrufung, und so zeigten sie sich berührt wie Kinder in einem Handpuppentheater, die sich nicht zurückhalten können, ihrem Helden warnend zuzurufen, dass ihm von hinterrücks Gefahr drohe.

Klopstock hatte, im sicheren Gefühl für die dramatischen Höhepunkte seiner Verse, den Vortrag genau dort beendet, als Abbadonnas ausgesprochene Gedanken sich in Hoffnungslosigkeit ersticken.

»Was?«, entfuhr es einer der Grazien, die noch hingebungsvoller als die Herren an seinen Lippen hingen. »Wollt ihr denn die arme, verirrte Seele so in ihrer Verzweiflung belassen?« Es war Werdmüllers Gattin, die in ihrer besonderen Empfindsamkeit für die bildliche und sprachliche Gewalt des *Messias* am stärksten mitgenommen schien.

Ja, fielen auch andere ein: ob er den reuigen Sünder denn so hoffnungslos, so ohne Trost in eine triste Ewigkeit zu entlassen gedenke. Wie es denn weitergehen werde mit diesem Gefallenen, der doch offensichtlich seinen Verrat so tief und bitterlich bereue.

Nun, sagte Klopstock, er habe seine Rolle in dem Spiel und müsse diese gegebenenfalls bis zum bitteren Ende tragen.

Ob er denn keine Möglichkeit sehe, diesen Elenden in seinen Schutz zu nehmen und ihm die Seligkeit zu schenken.

Die Verherrlichung des Messias, so Klopstock, dies sei

die Botschaft, die er trage. Nicht lange, und Abbadonna werde bitterlich beweinen, dass der Messias nicht auch sein Messias sei. Und beim Weltgericht werde er so gewaltig um Gnade flehen, dass die Schöpfung bis in ihre Unendlichkeit davon widerhalle.

Schinz, der wackere Theologe, wagte einzuwenden, es gebe in der christlichen Lehre keine stärkere Kraft als die Barmherzigkeit, und es sei Gott eigen, jedem Sünder seine Verfehlungen zu vergeben, und seien sie auch noch so sehr von Übel. Was von den Damen so dankbar aufgenommen wurde, dass einige gar in die Hände klatschten.

Klopstock jedoch gab sich unversöhnlich, wirkte regelrecht pikiert. In der Dichtung, sagte er, könne man nicht vor allem den Erwartungen des Publikums gefällig sein, da gelte es höhere Gesetze zu achten. Bei seinem Werk gehe es um die Verherrlichung der wahrhaft großen göttlichen Religion. Und so sehr ihn auch die Anteilnahme und die Haltung wahrer Christenmenschen freuten, so entschieden müsse er den Versuch einer Einflussnahme zurückweisen. Vor einiger Zeit habe man in einer vergleichbaren Gesellschaft einen ganz ähnlichen Vorstoß gewagt, doch sage er jetzt wie auch damals, in Magdeburg, ganz entschieden, dass er nicht bereit sei, seine poetische Freiheit beschneiden zu lassen. Und Versprechungen könne er schon gar keine machen.

Aber so reuevoll die Nähe des Erlösers zu suchen und dann abgewiesen zu werden … Madame Werdmüller hatte vor Bestürzung die Hände halb vors Gesicht geschlagen und blickte mit unruhig wanderndem Blick ins Leere.

Man müsse einsehen, dass er sich an seine eigene Eingebung zu halten habe. Im Übrigen: Wie überaus erstrebenswert sei es doch für jede Art der Dichtung, die Leser und Zuhörer bis ins tiefste Innere zu rühren, sie auf diese Weise regelrecht am Geschilderten teilnehmen zu lassen – was hier nun offenbar gelinge –, und wie fade käme seine Dichtung daher, wenn er sich für alle Verfemten durch Herbeiführung mildernder Umstände beeile, ihnen ihr Seelenheil zu bewahren. Schließlich sei dies kein Märchenstück zur Erbauung von Knaben und Mädchen.

Bei aller Betroffenheit merkten nun die Anwesenden: Sie verstiegen sich, wenn sie einem Poeten von Klopstocks Gnaden vorzuschreiben gedachten, wie er seine Verse zu gestalten hätte.

In diesem Sinne äußerte sich nun auch Hirzel: Der Dichter wisse sicherlich am besten, wie er sein Handwerk zu führen habe; ihm selbst leuchte nun nach kurzem Besinnen völlig ein, dass die tragischen Helden eines Spiels ihrem Schicksal verhaftet seien. Überhaupt sei übertriebenes Dauern für Werke der Literatur kaum eine vernünftige Instanz. Man stelle sich nur vor, Homer hätte seinen Odysseus aus Mitleid nach einem Jahr wieder zurück nach Ithaka entlassen, um ihm weitere Leiden zu ersparen.

Odysseus aber, wurde eingewandt, sei schließlich heimgekommen, habe nach langem Irren den Lohn für seine Leiden erhalten.

Habe sich aber auch nicht in dem Maße schuldig gemacht wie ein Abgefallener aus der himmlischen Schar!

Und Christus selbst, der Messias? Wo sei für den die

Barmherzigkeit geblieben? Auch er habe seinen bitteren Weg zu Ende gehen müssen, gerade er! Habe um die Mission gewusst, die er zu erfüllen hatte. Wie könne man im Ernst Vergebung für Abbadonna erflehen, wenn sie nicht einmal dem Gottessohn zuteilgeworden sei?

So gingen die Argumente hin und her und drohten kein Ende zu nehmen. Doch war es Klopstock selbst, der darüber deutlich sein Missfallen erkennen ließ. Dass an einem Tag wie diesem der Ernst überhandnehme, werde er nicht zulassen, bekundete er. Man solle ihm im Übrigen vertrauen, was den Fortgang und Abschluss seines *Messias* angehe, da sei alles wohl durchdacht und der Lobpreisung des Herrn als höchstem und einzig denkbarem Zweck unterworfen. Nun aber solle man wieder fröhlichere Klänge anstimmen! Und damit ging er an die Rezitation einer anakreontischen Ode seines über alles geschätzten Cousins und Freundes Schmidt, dem Bruder der von ihm so schmerzlich verehrten Cousine. Die Ode war vortrefflich und, wie Hirzel fand, ganz im Geiste Gleims, recht dazu angetan, die Stimmung zu heben. Anschließend gab Klopstock – zu ihrer Überraschung und Freude – der gesanglichen Darbietung die Ehre. Zwar seien seine Sangeskünste bescheiden zu nennen, dafür bitte er um Nachsicht, doch sei ihm sehr danach, ein wunderbares Lied des allerseits bewunderten Hagedorn zum Besten zu geben.

Und so folgte dessen »Ode an die Freude«, so kraftvoll intoniert, dass man die Botschaft nicht missverstehen konnte.

Klopstock nahm den Beifall in artiger Bescheidenheit entgegen, entschuldigte sich jedoch noch einmal für sein begrenztes gesangliches Talent. Worauf ihm alle heftig widersprachen und versicherten, er stelle eindeutig sein Licht unter den Scheffel.

Virtuos war der Vortrag in der Tat nicht gewesen, auch klang Klopstocks Stimme ein wenig quäkig, doch hatte das Lied an sich nicht nur Hirzel wahrhaftig gefallen. Immerhin, Klopstock hatte es in seiner empfindsamen Art gesungen und damit ersetzt, was an musikalischer Kunst mangelte.

»Kolossal!«, befand Hirzel, und wenn das auch eher auf Gehalt und Melodie gemünzt war, verbeugte sich Klopstock jedenfalls tunlichst. Im Folgenden ereiferte man sich zum Lob von Hagedorn in Hamburg, dessen bedauerlichen gesundheitlichen Zustand man beklagte (er war fettleibig und litt an Gicht), und ließ entsprechend Wünsche für besseres Befinden und ein langes Leben laut werden.

Klopstocks Darbietung hatte ihren Zweck erfüllt: Die Gesellschaft war jetzt zum Singen und Scherzen aufgelegt. Nicht so ausgelassen wie zuvor, doch war auch die Uhr bereits vorgerückt; die Seefahrt mit ihren Stationen und Aufenthalten dauerte nun schon fünfzehn Stunden. Nach dem langen, heißen Tag, viel Bewegung, frischer Luft und Weingenuss trat allenthalben eine gewisse Mattigkeit ein.

Als sie die halbe Strecke hinter sich hatten, kamen sie über die tiefste Stelle des Sees – was diesem freilich nicht anzusehen war.

»Mehr als 200 Ellen«, meldete Hirzel auf einen Wink der Schiffer hin, mit einem gewissen (letztlich unbegründeten) Stolz. Alle starrten artig (und recht sinnlos) ins Wasser, einige der Damen erschauerten ob der schier unergründlich erscheinenden Tiefe, wie von Vertretern ihres Geschlechts wohl zu erwarten war, und so wurde das Ereignis gebührend gewürdigt.

Einem genauen Beobachter konnte kaum entgehen, dass Anna indessen auffällig still geworden war. Noch lange und immer wieder hatte sie zur stetig kleiner werdenden Halbinsel zurückgeblickt, selbst dann noch, als sie wieder gänzlich mit der Landschaft verwoben und als solche nicht mehr auszumachen war. An jenem Ort war etwas geschehen, was ihr schon jetzt (oder erneut, es kam auf eins) vorkam wie ein Traum. Aufmerksam hatte sie Klopstocks Vortrag und seinem Singen gelauscht, zur Kommentierung der Darbietungen aber nichts beigetragen. Sie saß an seiner Seite, Gedanken und Empfindungen waren ein wirres Durcheinander; keinen dieser Gedanken konnte sie fassen, sich für kein Gefühl entscheiden, es vorherrschen zu lassen. Freude und innere Erregung waren nie von Bestand, wechselten ab mit Beklommenheit und Trauer. Dieser Tag würde bald zu Ende gehen, und sie wusste noch nicht einmal, was ihr eigentlich geschehen war.

Bei der Erinnerung an die Ereignisse auf der Insel begann ihr Herz immer aufs Neue schneller zu klopfen. Sie zweifelte an sich, machte sich Vorwürfe. Sie war einem Menschen begegnet, dessen Aufmerksamkeit und Gunst sie nie zu erlangen gehofft hatte. Hatte sich privilegiert gesehen. Er hatte sich ihr, ihr vor allen anderen, zugewandt. Doch er war ganz anders gewesen als in ihrer Vorstellung. Hatte Seiten erkennen lassen, die sie nie vermutet hätte. Er hatte anders ausgesehen und sich anders gebärdet. Ihren Erwartungen nach wäre er eine Art junger Moses gewesen, jemand, der von irgendwo herabstieg und sich für einen Tag herniederbegab aus Höhen, in denen er ansonsten weilte. Dichterische Gefilde. Die Verse des *Messias*. Sie hatte ihn sich vorgestellt wie einen Adligen, wie einen Prinzen, und ein wenig wie einen Heiligen. Gewissermaßen geistlich und auch edel. Aber nicht so arg *weltlich*.

Nicht sein Äußeres hatte für ihn gesprochen, doch hatte er etwas Fesselndes und Einnehmendes an sich. Hatte recht grobe Gesichtszüge, eine vorspringende Nase, große Hände. In dieser – wenn auch nur leichten – Verzerrung leiblicher Proportionen hatte er auf seltsame Art etwas Kindliches. Kurios: Man wollte geduldig mit ihm sein und ihn in Schutz nehmen für ein Verhalten, das man anderen Männern ohne Weiteres vorzuwerfen bereit gewesen wäre. Und doch blieb bei allem ein gewisses Unbehagen.

Da waren seltsame Regungen in ihr, sie konnte sie nicht recht entwirren. Glücksgefühle – aber auch Enttäuschung. Begeisterung – aber auch Ernüchterung. Hoffnung – aber auch Zweifel. Bewunderung und Hingabe – aber auch Angst. Sie wollte heim und sich verkriechen und versuchen, in all das eine Ordnung zu bringen. Wollte an ihrem Platz im Garten sitzen, bei der Trauerweide, wo sie niemand sah, so wie sie schon als Kind gesessen hatte, um nachzudenken und zu sich selbst zu finden.

Vor Jahren hatte sie einmal die Zeichnung eines Paares, das sich innig küsste, seltsam berührt. Sie hatte das Bild unter den Sachen ihres Bruders gefunden. Dort war zu sehen, wie ein Mann eine Frau im Kusse bedrängte und sie sich ihm hingab, mit halb entblößter Brust, die er im Begriff stand zu umfassen. Schrecklich war dieses Bild gewesen, und es angesehen zu haben (obwohl sie doch nichts dafür konnte, weil es ganz zufällig geschehen war) verursachte ihr ein nagendes Schuldgefühl. Es war nie ganz verschwunden, auch nach Jahren nicht.

Hatte sie sich schuldig gemacht?

Waren Menschen so – so verlangend? Derart einer niederen Gier verhaftet? Und dieses schöne Gefühl, das sie beim Kuss empfunden hatte, war das Sünde? Es musste Sünde sein, denn es war etwas, was sie niemandem erzählen konnte. Also war es geheim. Also war es nicht schicklich. Also war es Sünde.

Sie wollte nach Hause und darüber nachdenken, in ihren Kissen liegen und schlafen und vielleicht sogar alles vergessen. Aufwachen und finden, dass alles nur ein Traum gewesen sei.

Und doch war ihr das stetige Verrinnen der Zeit widerlich, und sie ertappte sich beim Wunsch, sie zurückdrehen, die Sonne wieder ein Stück das Firmament hinaufschieben zu können. Damit der Tag länger dauerte und sein Ende nicht so bedrohlich nahe rückte.

War dieser Tag ihr Schicksal? Der große, alles verändernde Tag in ihrem Leben? Ihr war so. Es konnte keinen Zweifel geben, dass er ihr zu denken geben würde, für lange Zeit. Schon jetzt, nur einige Stunden nach ihrem Aufbruch, war sie nicht mehr dieselbe, die am Morgen das Schiff bestiegen hatte.

21

Die Sonne stand jetzt schon tief, sandte ihre letzten wärmenden Strahlen nieder, bald würde sie hinter den Bergen untergehen. Das Schiff folgte seinem Kurs quer über den See in Richtung Goldbach.

Schon berührte die orangegelbe Scheibe den Horizont, die fernen Gebirgszüge im Westen, und nun verfolgten alle gebannt das Schauspiel ihres Untergangs, gerade so, als hätten sie dergleichen nie zuvor gesehen. Erstaunlich schnell versank sie, Stück für Stück, bis ihre letzten Strahlen vergingen. Der See, eben noch von gleißendem Licht erfüllt, erlosch zu einem dunklen Grün. Noch sah man fern die erleuchteten Schneekronen der Berge, doch dann, nach einer Weile, versank alles in Grau. Eine feierliche Stille senkte sich über Natur und Menschen, die sich ganz plötzlich verloren vorkamen auf der Weite der Wasserfläche. Noch lagen die Ufer nicht im Dunkel, aber in einem ersten Anflug von Dämmer. Der Himmel über ihnen wurde tiefblau, nur im Westen erleuchtete eine nicht mehr sichtbare Sonne den Horizont orangerot.

Auf dem Schiff war man bemüht, gegen die einfallende melancholische Stimmung anzugehen. Noch war es nicht finster, auch die Temperaturen waren sehr angenehm, beinahe unvermindert lag die Hitze des Tages über dem See und der Landschaft. Werdmüller öffnete noch einmal das Füllhorn spaßiger Anekdoten, andere fielen bereitwillig ein, und das Gelächter schallte in der abendlichen Stille weithin über den See bis an die Ufer. Wie den ganzen Tag über wurden sie hier und da von fern neugierig beäugt, doch sie nahmen es kaum wahr, blieben meist auch zu weit ab, um die Betrachter ausmachen zu können.

Erst als sie in der fortschreitenden Dämmerung schließlich in Goldbach anlangten, wo sie am Morgen im Kellerschen Landhaus gefrühstückt hatten, kam ein Anflug von Wehmut auf, dass sich der Kreis so rasch geschlossen, dieser Tag nunmehr beinahe verflossen war. Sie gedachten ihrer morgendlichen Tischrunde wie eines lange zurückliegenden Ereignisses, das bereits jetzt in der Rückschau an Glorie gewann.

Kellers Eltern, ihre freundlichen Gastgeber, hatten das Schiff von weit her kommen gesehen, und als es landete, war schon die Hausherrin draußen, um sie zu begrüßen. Eine höfliche Einladung zur erneuten Einkehr wurde ausgeschlagen, die Zeit war knapp. Denn man hatte bereits beschlossen, das Schiff vorauszuschicken und zu Fuß ein Stück am Ufer entlang Richtung Zürich zu gehen. Damit sie in der Lage wären, ihren Weg und auch einander zu erkennen, verteilte Madame Keller Handlaternen, so viele davon greifbar waren; der Sohn des Hauses konnte sie anderntags oder später wieder heimführen.

Sich der ursprünglichen Rollenverteilung besinnend,

gingen die Ausflügler paarweise den Pfad am Wasser entlang. Jetzt – es ging gegen neun – versank alles in tiefer Dämmerung, unweit und an den ferner liegenden Ufern waren überall schon Lichter auszumachen. Bald würde es vollends dunkel werden. Schon funkelten am Himmel die helleren Sterne und mehrten sich, der Abend hatte nun jene Phase des Übergangs zur Nacht erreicht, da er am schönsten ist; wenn alles in Zwielicht getaucht ist und doch noch erkennbar – und ein letzter Rest von Tag sein Dasein behauptet.

Einige von ihnen, allen voran Werdmüller und Hirzel, wurden angesichts der abendlichen Szenerie des Sees unter solch unvergleichlichen Lichtverhältnissen von heimatlichen, ja patriotischen Gefühlen beschlichen. Werdmüller, als spüre er die Regungen der anderen und auch ihren Drang, diese in Worte zu fassen, machte sich zu ihrem Sprecher und bekundete, es gebe doch weit und breit kein schöneres Panorama als eben dieses, den See, so eingebettet in Berge und Uferpartien, wie gestaltet von überirdischer Künstlerhand, und Zürich, ihre beschauliche Stadt, wo alles so trefflich bestellt sei. Wie friedvoll hier alles zugehe und zum Besseren strebe, wie vorbildhaft ihre kleine Republik als leuchtendes Beispiel dastehe für das heutig Machbare einer politischen Körperschaft.

Ja, bestätigte Hirzel aus voller Seele, wohl sei hier alles bestellt und man könne sich glücklich schätzen. Insbesondere weil alles tranquil seinen Fortgang nehme, nicht wie andernorts, wo aufrührerische Kräfte sich regten und die niedere Bürgerschaft aufbegehre in törichtem Drang nach Machtbefugnis, welche das Vermögen ihres Denkens doch weit überschreite. Man müsse nur an Bern denken, wo erst jüngst solcherlei Bestrebungen zu nichts anderem führen konnten als zu den fatalen politischen Turbulenzen, deren Kunde bis in die fernsten Winkel des Kontinents gedrungen sei. Handwerker- und Krämerseelen im Aufschwung zu Posten und Ämtern in Verwaltung und Militär! So weit komme es noch!

Eine Hundertschaft von Verschwörern habe man verhaften müssen, fiel Wolf ein (was übertrieben war), das Militär habe man zu Hülfe rufen müssen, und die Rädelsführer, allen voran Henzi und seine Spießgesellen, hätten ja ihre gerechte Strafe erhalten!

Wie es nun auch habe kommen müssen!

Aufrührer seien das, ereiferte sich Hirzel, regelrecht!

Das, sagte Werdmüller, nenne er eine wacklige Staatsordnung, die ihre Souveränität nur unter Aufgebot von Heeresgewalt und drakonischer Bestrafung bewahren könne. Gottlob stehe in Zürich alles festen Fußes und werde von weiser Hand gelenkt. Von Männern von Stand, welche dazu berufen seien.

Bern, ja, das sei etwas anderes, konstatierte Wolf mit einer wegwerfenden Bewegung der Hand. Auch im Umland mache sich dort allenthalben eine aufmüpfige Attitüde breit.

Es waren dies freilich Dinge, die in ihrem Kreis schon hundertmal erörtert worden waren, ohne dass man je der Debatte müde wurde (die ob der Einmütigkeit der Meinungen eigentlich kaum als solche zu bezeichnen war).

»Da lobe ich mir unsere braven Landsleute hier am

Zürichsee!«, rief Hirzel. »Die ihre Angelegenheiten in den rechten Händen wissen.«

Zu allem hatten die Damen anständig geschwiegen. Und so war es keine Intervention aus ihren Reihen, die weiterer Diskussion einen Riegel vorschob, sondern der See selbst, indem er sich – sozusagen – bemerkbar machte.

»Was war das?«

Ein lautes Platschen war zu hören gewesen, man wandte den Blick ins Ungewisse, wo der See nur eine aufschimmernde dunkle Fläche war, die sich kaum noch vom Übrigen abhob.

»Da drüben«, sagte jemand.

Man äugte ins zwielichtige Ufernahe, konnte aber nichts augenfällig Ungewöhnliches, keine Bewegung mehr ausmachen.

Merkwürdig. Da sei doch was gewesen.

Ein Fisch, sagte Wolf. Nichts weiter.

Ein Fisch? Das müsse aber schon ein gewaltiges Exemplar sein, dem Geräusch nach zu urteilen!

In einem See in Schottland, sinnierte Rahn, solle es ein Ungeheuer geben, eine ganz absonderliche animalische Kreatur nie gesehener Ausprägung, am ehestem einem Drachen vergleichbar.

Man schwieg, denn dergleichen war wahrhaftig, im Sinne des Wortes, unerhört. Man wollte nicht ausschließen, dass er sich am Ende lustig machte.

Rahn beharrte jedoch, vielleicht gebe es ja so etwas auch hier.

»In unserem Zürcher See?« Wolf schien geradezu empört.

»Na ja, wer weiß?«

»Ach was!«, entgegnete Keller von Goldbach. »Jetzt bringen Sie hier noch Ammenmärchen auf!«

»Wenn abends die Fische springen … Solche Burschen, sage ich Ihnen!« In der fortschreitenden Dunkelheit blieb Wolfs Andeutung der enormen Größe fast ungesehen.

»Hier in den Alpen soll es doch einen See geben, dessen Tiefe man nicht kennt«, sagte Klopstock.

Hirzel winkte ab. »Das wird von jedem zweiten See behauptet. Und wenn man weiß, wie tief er ist, dann sind angeblich Schätze drin. Oder es verschwinden immer wieder Leute, werden beim Schwimmen hinabgezogen. Solche Geschichten.«

»Jedoch, so etwas passiert«, wandte Werdmüller entschuldigend ein.

»Ja, in jedem See. Wenn trunkene Dummköpfe nachts noch hinausschwimmen.«

»Schön ist, wenn der See im Winter zufriert«, schwärmte Wolf.

»Passiert das häufig?«, fragte Klopstock.

»Hin und wieder. Nicht oft.«

»Nur in manchen Jahren«, sagte Hirzel. »Dass er richtig zufriert ist eher selten.«

»Aber wenn er so ganz zufriert, das ist herrlich. Sie sollten sehen, was dann auf dem Eis los ist!«

»Bleiben Sie nur recht lange bei uns«, sagte Hirzel, an Klopstock gewandt, »dann werden Sie vielleicht in den Genuss kommen, sich in der Kunst des Eislaufens zu üben. Auch wenn der See nicht zu ist; auf der Limmat gehts allemal.«

Klopstock, der körperlichen Ertüchtigung bekanntermaßen recht zugetan, reizte dies durchaus. »Bis zum Winter«, sagte er, »werde ich wohl kaum bleiben.«

»Und wie lange gedenken Sie uns zu beehren?«, erkundigte sich Hirzels Daphne.

»Gleich morgen geht es mit unserem verehrten Bodmer nach Winterthur, doch nur für einige Tage, und dann sollte ich mich bald entscheiden. Es drängt mich, meine Heimat für eine längere Zeit hinter mir zu lassen. In Ruhe meine Dichtung voranzutreiben, irgendwo, wo mir Gelegenheit wird, mein Auskommen zu finden. Wohl zieht es mich auch nach Hamburg, zu Hagedorn. Oder einmal nach Paris … Nun, man wird sehen.«

Woraufhin man sich beeilte, angemessen zum Ausdruck zu bringen, welchen Verlust eine Abreise – und am Ende eine so baldige! – für Zürich, für sie alle darstellen musste.

22

Es ergab sich, dass im weiteren Dahingehen die Gruppe zunehmend den Zusammenhalt verlor, und in der Dämmerung waren die anderen bald kaum mehr sichtbar. Undeutlich war zu erkennen, dass manche unverbunden, einige nach Kavaliersart untergehakt, andere jedoch Hand in Hand oder gar umschlungen gingen. Eine seltsame Anwandlung erfasste jetzt die Menschen, die so merkwürdig abgeschieden von der Welt um sie her dort am See entlanggingen: Sie spürten wohl, dass ihre Unternehmung und damit auch ihre Komödie zu Ende ging, dass dies die letzte Gelegenheit war, die spielerisch geschmiedeten Zweisamkeiten auszukosten. Morgen wären sie wieder vom Alltäglichen umgeben, das Leben ginge wieder seinen gewohnten Gang. Dies hier war etwas Außerordentliches, gleich einer Enklave, einem in Klammern gefassten Zusatz. Auch schufen der Abend, die fortschreitende Dunkelheit eine von Urbedürfnissen genährte Befindlichkeit, einen unterschwelligen Wunsch nach Nähe und Geborgenheit. Etwas Verschwörerisches lag in der Luft; man verspürte Lust, sich der Stimme der Vernunft zu verschließen, sich einfach nur dem Lauf der Dinge zu überantworten. Jugend und Übermut brachen sich Bahn, in ihrem natürlichen Wechselspiel, mit einer Urgewalt, die sich allem Kalkül entzog. Wohl nutzten auch die Männer mit einem untrüglichen Gespür jenseits aller Räson die Gelegenheit und drängten auf heimliche Vertraulichkeiten und (mehr oder weniger) kleine Zärtlichkeiten, jetzt, da sie sich unbeobachtet wussten.

Klopstock hatte Anna zur Seite. Niemand schien diese Zuordnung mehr infrage zu stellen. In der Dunkelheit hielten sie sich nah beieinander, er hatte den Arm wie schützend um sie gelegt. Das war ihr unbehaglich und doch auch schön. Von rückwärts und voraus hörten sie undeutlich die Stimmen der anderen, manchmal ein Lachen, doch entfernt und nur leise. Um sie her zirpten im Gras und in den Feldern die Grillen.

Klopstock, von der unvergleichlichen Stimmung ganz unmittelbar erfasst, zog das Mädchen näher zu sich, wie es eigentlich Verliebten anstand (sofern sie einander fest versprochen oder bereits verheiratet waren). Anna musste befürchten, er hätte im Sinn, sie erneut zu küssen, und sie wusste, dies war etwas, was es zu verhindern galt. Da war ein bestimmtes Gefühl: dass es nicht noch einmal geschehen durfte. Als sei das nur einmalig Vorgefallene auszuklammern und somit der Vergessenheit anheimgestellt, die Wiederholung jedoch von der Kraft, etwas zu besiegeln und für immer geltend und unverrückbar zu machen. Schon dies hier, dieses Miteinander-Gehen, überschritt die Grenzen des Schicklichen weit, sehr weit.

»Wollen wir uns nicht abseits vom Weg ein wenig niedersetzen?«, fragte Klopstock, ziemlich leise, nah an ihrem Ohr. »So sind wir ganz für uns und können den Augenblick erst recht genießen.«

»Nein«, sagte sie, etwas hastig, »die anderen würden uns vermissen, und es ist schon spät …«

»Sie werden schon auf uns warten. Man wird uns sicherlich noch etwas Zeit gönnen.«

Er versuchte, sie auf die Wange zu küssen, sie konnte sich ihm kaum entziehen.

»Ich wollte Ihnen noch etwas sagen. Auf die Gefahr hin, dass Sie wieder missgestimmt werden …«

Klopstock stutzte. »Missgestimmt? Wie denn, missgestimmt?«

»Nun, Sie waren doch recht böse, wegen Abbadonna, als wir auf dem Schiff für ihn um Gnade baten. Das hat Ihnen nicht gefallen, und es schien, Sie hätten mit ihm bereits Ihre unverrückbaren Pläne.«

Er war nicht wenig irritiert. Wenn es irgendetwas gab, worauf er in diesem Augenblick unvorbereitet gewesen war, dann das.

Gott, dieser verdammte *Messias!* Es schien, dass hier in der Schweiz, wo die ersten Gesänge den größten Nachhall gefunden hatten und das Interesse deutlich noch größer war als daheim, man in seinem Beisein kaum ein anderes Thema fand.

»Wollen Sie also noch einmal für ihn um Gnade bitten?«

»Ja, das will ich unbedingt. Und ich hoffe sehr, Sie werden sie ihm gewähren. Wenn der *Messias* die Geschichte der Leiden Christi und seiner Auferstehung ist, dann muss es auch eine Geschichte der Vergebung und der Barmherzigkeit sein.«

Ach, der Wunsch der Frauen, dass alles immer gut ausginge! Das war so gar nicht wie im wirklichen Leben, auch die Inhalte der Bibel zeugten zur Genüge davon. Klopstock hatte manchmal den Eindruck, Frauen lebten in ihrer eigenen, einer Märchenwelt. Sie verloren nie ihre Harmoniesucht und ihr sanftes Gemüt aus Kindertagen. Erzählten sich untereinander immerzu Geschichten von Mädchen, die ihre Liebe gefunden hatten.

»Nun, eigentlich ist sein Weg vorbestimmt. Gewiss, der weitere Verlauf des Werks ist noch lang ... und insofern noch ungefähr. Auch habe ich durchaus schon an die Möglichkeit gedacht. Aber wie ich schon sagte: Die Ausformung dessen, was die biblischen Inhalte im Übrigen vorgeben, bleibt ganz allein mir selbst vorbehalten.«

»So wird denn der *Messias* mit der Auferstehung Jesu und seiner Auffahrt zum Himmel enden?«

»Gewiss. Vielleicht auch mit dem Jüngsten Tag. Denn Zeit spielt keine Rolle im Verlauf der Ewigkeit – die einen Verlauf ja nicht eigentlich hat –, und auch in meinem Werk sind – was dem genauen Betrachter, so hoffe ich, nicht verborgen bleibt – die Gesetze von Ausmaß und Zeit poetisch aufgehoben. – Nun ja, das ist jetzt nicht von Belang.«

»Sie denken, ich sei nicht klug genug, das zu begreifen ...«, sagte Anna abschätzig.

»Nicht weniger als wir alle«, beeilte sich Klopstock. »Die Dinge geschehen nicht nacheinander – und auch nicht gleichzeitig. Sie geschehen einfach, jederzeit, immerwährend. Das ist etwas, was eigentlich über unsere Vorstellung hinausgeht.«

»Ich begreife es sehr wohl: dass eine Ewigkeit nicht

ausgefüllt werden muss. Ich habe sehr viel darüber nachgedacht. Eine Ewigkeit als immer weitere Fortführung ist nicht denkbar – und auch nicht sinnvoll. Sie ist es nur als etwas in sich Abgeschlossenes, das immer wiederkehrt. Wie eine Geschichte, die stets und bis in alle Zeiten von vorn beginnt.«

Klopstock kam aus dem Tritt und blieb schließlich sogar kurz stehen. Er versuchte, das Mädchen von der Seite anzusehen, soweit das überhaupt noch möglich war im letzten Schimmer des Tages.

»Eine solche junge Dame habe ich wahrhaftig noch nie gesehen – die sich so tiefsinnige und hellsichtige Gedanken macht.« Er musste mit leichtem Schaudern an ihre »Theorie« von den mehreren Welten denken. »Die Dinge in ständiger Wiederkehr … Ich habe von solchen gedanklichen Entwürfen wohl gehört – von weit Gelehrteren, als selbst ich es bin. Es ist eine durchaus beängstigende Vorstellung der Schöpfung.«

»Sie ist auch traurig, ja. Aber die Vorbestimmtheit aller Dinge ist nur dadurch erklärlich: dass bereits alles abgeschlossen und nicht zu ändern ist. Und wie könnte es auch zu ändern sein, da doch alles nur einmal und auf ein und dieselbe Weise geschieht.«

»Das sind große und philosophische Gedanken«, sagte Klopstock. »Und sie zu denken wird Ihr Leben nicht einfacher machen, kleine Schinzin. Sie sollten nicht vergessen, sich auf Ihre zukünftigen Aufgaben vorzubereiten, wie es dem Wesen Ihres Geschlechts wohl ansteht.«

»Also ist das Denken einer Frau doch nicht anständig?«

»Nicht im Übermaß. Und im Versuch, die großen Philosophen zu übertreffen.«

»Es sind Gedanken, die mir bloß so kommen, ich empfinde es nicht als etwas Besonderes. Haben denn nicht alle solche oder ähnliche Gedanken? Fragt sich nicht jeder einmal, was die göttliche Schöpfung eigentlich ist?«

Klopstock lachte leise. »Gassenjungen, Mägde und Schuster sicherlich nicht. Oder sehen unsere Schiffsleute so aus, als seien sie zu höherem Denken fähig? In ihrem Stande ist man allein mit Leben beschäftigt. Andererseits aber sollten Sie bei allem Denken das Leben nicht ganz vergessen.«

Anna jedoch überfiel in diesem Augenblick eine starke Anwandlung, ein tiefes Empfinden der Vergänglichkeit. Dieser Moment würde vergehen, dieser Tag, ihr ganzes Leben. Generationen würden folgen und Menschen an diesem See leben, für die ihre eigene Welt längst Vergangenheit wäre. Die Dinge würden weiter und immer weiter gehen. Und wenn eines fernen Tages alles wieder von vorne begann, dann würde sie es nicht einmal wissen.

Es gab etwas, das ihre Großmutter ihr erzählt hatte, als sie noch klein war, von einer Welt im Spiegel. Eigentlich eine schreckliche Mär, die sie immer geängstigt hatte, wann immer sie die Fläche eines Spiegels (und sei es nur das Seewasser) betrachtete. Dass es dort, hinter Glas, hinter einer Scheidegrenze, eine andere Welt gebe, in der alles spiegelverkehrt geschehe. Es war nicht eigentlich eine Geschichte, nur eine Art Ammenmärchen-Gespinst, so wie die Erzählungen von Spuk und Zauberei. Anna hatte sich oft vorgestellt, dass dort, auf der anderen Seite, alles anders wäre, man Dinge tun konnte, die hier unmöglich waren. Und wann immer etwas passierte, was sie liebend gerne rückgängig gemacht hätte, dann stellte sie sich eine Welt vor, in der es nicht geschehen wäre, sondern genau das Gegenteil, und malte sich diese andere Welt aus. Früher war dies ihr ganz eigenes, geheimes Spiel gewesen, seit einiger Zeit waren solche kindischen Vorstellungen jedoch in den Hintergrund gerückt. Alles hatte sich verändert, nichts war mehr so leicht wie früher. Erwachsen zu werden war seltsam – und vor allem verwirrend.

Als sie so dahingingen, immer wieder vorausäugend, erblickte Anna plötzlich am Himmel eine Sternschnuppe. Sie malte einen erstaunlich deutlichen und weit übers Firmament führenden Streifen in den Himmel, und so bekam auch Klopstock, als sie leise aufschrie und vorausdeutete, noch ein Stück davon zu sehen.

»Großartig!«, sagte er. »So wird uns auch das an diesem wundervollen Tage noch zuteil!«

»Sie dürfen sich etwas wünschen!«, sagte Anna. Und als Klopstock darauf nur schwieg, jedoch keinerlei Anstalten machte, etwa die Augen zu schließen: »Sie glauben nicht daran?«

»Nein. Das sind Kindereien.«

»Nun, ich werde mir jedenfalls etwas wünschen!« Tatsächlich hatte sie es bereits getan, kaum dass der Streif am Himmel verschwunden war.

Als sie ihren Weg fortsetzten, nutzte sie die Gelegenheit, sich fest bei Klopstock einzuhaken, um weiteren Umarmungen und dem Drängen nach Küssen zu entgehen. Hinter ihnen und voraus waren undeutlich Rufe zu vernehmen, auch dort war man offenbar der Sternschnuppe ansichtig geworden. Die Stimmen kamen näher, und bald waren die Wanderer wieder beisammen, das Himmelsphänomen wurde diskutiert. Wer es gesehen hatte, schätzte sich glücklich, die anderen wurden ein wenig schadenfroh bedauert.

In der Dunkelheit waren die Beteiligten nicht mehr unbedingt zu bestimmen. Hirzel war da mit seiner jungen Begleiterin am Arm, Keller von Goldbach, Salomon Hirzel und die schöne Werdmüller, Anna glaubte auch die Stimme von Wolf und die der Begleiterin ihres Bruders zu hören, doch alles blieb etwas im Ungewissen.

»Da ist eine Insel!«, rief Klopstock.

Und tatsächlich, ganz nah dem Ufer eröffnete sich ein winziges Stückchen Land, eigentlich eine kleine Halbinsel, zu der es eine schmale Verbindung gab, die sich kaum aus dem Wasser erhob.

»Kommt, lasst uns die erkunden!«

»Ja, gemeinsam mit unseren Damen! Und damit sie sich die Füße und die hübschen Kleider nicht benetzen, lasst uns sie hinübertragen!«

Damit ergriffen die in solcher Eile geschmiedeten Verschwörer wie ein Mann ihre Damen, nahmen sie kurzerhand auf die Arme und stürmten mit ihnen, die kaum wussten, wie ihnen geschah, das Inselchen, das zwischen diversem Gestrüpp kaum mehr als den fünf Paaren Platz bot, die sich dort nacheinander einfanden.

All das war das Werk einer halben Minute, mehr nicht.

Hier, umgeben von schützender Dunkelheit und angesichts des allzu nahen Endes ihrer Seefahrt, schienen nun die Männer den Mut zu finden, ihren Damen ernstlich Avancen zu machen. Als sie ihre Schönen derart auf Händen trugen und diese dabei nicht anders konnten, als ihre Eroberer mit beiden Armen zu umschlingen und sich festzuklammern, und durch das wohlige Gefühl der anmutigen Körper endgültig in Übermut versetzt, nötigten sie nun den Damen kurzerhand die Küsse ab, die jeder Mann von einer schönen Frau haben möchte. Und sei es – wie allzu oft – nur insgeheim. Im Absetzen hielten sie sie weiterhin umschlungen und ließen ihre Hände dort hinwandern, wo es am angenehmsten war, der eine oder andere nutzte wohl auch die Situation, um beherzt zuzukneifen. Wieweit ihre Begleiterinnen ihnen darin nachgaben, war von einem Paar zum anderen nicht leicht zu bestimmen, doch ließen hier ein Aufjapsen, dort ein Kichern, hier wiederum ein stoßweises Atmen darauf hindeuten, dass ihnen mehr oder weniger Willfahrt geleistet wurde. Es hätte den Damen auch nicht gut angestanden, lautstark Widerstand zu zeigen und die Gezierte zu spielen, jedes Aufsehen wäre am Ende peinlicher geworden als das Stück weit Hingabe, die sie aufzubringen hatten, um den Tag in den Augen der Herren so recht zu krönen. So waren die Männer nun einmal, der warnenden Stimmen hatte es von klein auf genug gegeben, und keine derjenigen, die am Morgen das Schiff bestiegen hatten, konnte behaupten, derartige Nuancen ihrer Lustfahrt nicht erahnt (oder gar im Stillen erhofft) zu haben.

Hirzel, einer der Glücklichen, denen das so eifrig Inszenierte nun doch noch auf die ersehnte Weise versüßt wurde, musste, während er sein Mädchen an sich drückte, an Gleims Gedicht »Die Schöpfung des Weibes« denken, dessen Verse schilderten, wie dem einsam sinnenden Mann eine Gefährtin geschaffen ward:

Schnell war es in des Manns Gestalt
Doch zärtlicher und nicht so alt
Mit schlauen Augen, welche bald
Aufs denkende Geschöpf im Winkel fielen
Und schnell springts hin und küsst den Mann
Und spricht: Du Närrchen, sieh mich an!
Ich bin gemacht, mit dir zu spielen.

Hirzel war der Ansicht, Gelegenheiten gelte es beim Schopf zu fassen. Und wohl gestaltet war das Mädchen, weiß Gott!

Anna hatte keine Anstalten gemacht, sich ernsthaft zu wehren, hatte Klopstock nur »Aber nicht doch!« zugeraunt, und noch mal ein beinahe flehendes »Nicht doch!«. Er aber ließ dies unbeachtet, obwohl er es wohl wahrgenommen haben musste.

Und so fand sie sich mit ihm in der Dunkelheit, eng umschlungen, eine von fünf jungen Frauen, die ihren Eroberern artig die Küsse gewährten, die sie so unmissverständlich einforderten, machte ebenso wie die anderen gute Miene zum äußerst seltsamen Spiel, wusste auch immer noch kaum, wie ihr geschah. Da war ein dumpfes Bewusstsein, dies nicht ablehnen zu können, war die Gunst eines Mannes wie Klopstock doch ein Geschenk. Da war auch die Eingebung, es so am schnellsten und am wenigsten kompromittierend passieren zu lassen. Und da war schließlich auch eine verwirrende Regung des Sichgehenlassens, der Neugier. Doch es war grotesk, so im Dunkeln zu stehen, auf einem Klecks Land, das nicht mehr war als ein vorgelagertes Uferstück, nicht etwa allein, sondern zusammen mit anderen Paaren: sich hingeben zu müssen wie eine jener Damen in gewissen Etablissements, gut versteckt in unauffälligen Landhäusern, wo die wohlhabenderen Herren im Geheimen verkehrten und wo die Damen freilich noch viel mehr tun mussten, um die Bedürfnisse ihrer Freier zu befriedigen.

War es das, was zwischen Mann und Frau geschah; war es so ordinär, so wenig edel, so wenig unterschieden vom Animalischen? So bedrückend, so fremd? So enttäuschend?

Nicht lange dauerte die Szene, die vom Ufer aus nicht eingesehen werden konnte. Rufe wurden laut, auch vom Schiff her, das unweit eine Landungsstelle gefunden hatte, seine Lichter waren in der nun fast vollständigen Dunkelheit auszumachen.

So eilte man also wieder ans Ufer (die Herren ließen es sich mit einem letzten Kuss belohnen, ihrer Grazie spielerisch drohend, sie fallen zu lassen) und zur Anlegestelle, wo schon einige der anderen eingetroffen waren. Dort trat man ins Licht der Laternen, in der Hoffnung, die sichtbare Erhitztheit und die leichte Unordnung von Kleidern und Haar würden der Tatsache zugeschrieben, dass man ein gutes Stück gelaufen war.

23

Während auch der letzte Tagesschimmer schwand, lag ein leiser Hauch von Kühle über dem Wasser. Die Plätze waren wieder eingenommen, die Schiffer hatten ihr Gefährt auf den Weg gebracht, und nun, da der Wind sich gelegt hatte, kam es unter den gleichmäßigen Ruderschlägen der Bootsleute stetig voran. Bis nach Zürich war es nicht mehr weit, voraus bildeten die Lichter in den Stadtfenstern einen matten Glanz, der sich im See spiegelte. Es war ein prächtiger Anblick, doch auch ein wenig bedrückend, bedeutete doch die baldige Ankunft das Ende ihrer Fahrt.

Und was für eine Fahrt das gewesen war! Was für ein Tag! Es kam ihnen vor, als hätten sie mehr gesehen und erlebt als sonst in einem Jahr. Beinahe wie Kinder waren sie munter aufgebrochen und hatten sich den kommenden Dingen überlassen. Das Mittel ihrer Fortbewegung war so wie jedes Schiff ein Symbol der Abgeschlossenheit, das Abbild einer Arche. Wie in darbietenden Händen waren sie unter einem weiten Himmel ganz und regelrecht Gott befohlen gewesen. Und sie waren reich beschenkt worden, hatten nichts als nur Schönes zu Gesicht bekommen, waren zusammengerückt, einander nahe gekommen, und Gefühle von Freundschaft hatten ihre Herzen beseelt. Dieses Schiff war zur Bühne von Darbietungen geworden, wie sie nur wenigen Menschen zuteilwerden; eine ungeheure Gunst. Sie fühlten sich wahrhaft auserlesen. Der Herr hatte sie alle gesegnet: mit Herkunft und Stand, mit Gesundheit und rechtem Glauben. Sie lebten in einem freien, guten Land, in einem herrlichen Teil von Gottes Welt, und dies brachte dieser Tag, der in jeder Hinsicht ein besonderer war, einem jeden so recht zur Besinnung.

Über ihnen leuchteten jetzt die Sterne. Deutlich, überdeutlich war alles zu erkennen: der Große Wagen, der Nordstern, die Cassiopeia, die Lyra mit der leuchtenden Wega, der hell glänzende Arcturus nah dem Horizont. Sie benannten die Sternbilder, wieder und wieder zum Himmel deutend, besonders die Herren prahlten mit ihren astronomischen Kenntnissen. Der Meteorit kam noch einmal zur Sprache, die Sternschnuppe, die einige von ihnen gesehen hatten.

»Nun, kleine Schinzin, was haben Sie sich gewünscht?«, fragte Klopstock leise, ein wenig verschwörerisch.

»Das darf man nicht sagen. Sonst geht es nicht in Erfüllung.«

»Ich würde es aber zu gerne wissen. Glauben Sie nicht, dass Sie es mir sagen könnten, ganz leise, ins Ohr? Dass es sonst niemand hört.«

Anna zögerte. Sicherlich, es war Aberglaube, das wusste sie. Eigentlich dachte sie nicht wirklich, dass solche Wünsche in Erfüllung gehen, bei Sternschnuppen, an Brunnen oder bei heiligen Eichen. Aber wirklich wissen konnte man es doch nie. Und man wünschte ja nicht für sich selbst, das war nicht im Sinne des Herrn, sondern für andere. Dies gab einem ein winziges Stück Seligkeit.

»Nur ganz leise, nur mir!«, drängte der Mann an ihrer Seite. Es war Klopstock, ein Dichter von Gottes Gnaden, ein großer Mann, von weit her, aus der großen Welt. Wie hätte sie ihm den Wunsch also abschlagen können?

»Ich habe mir gewünscht, dass Abbadonna Gnade widerfährt«, sagte sie leise. Es war nur ein Flüstern.

Vielleicht, nein, sicherlich hatte er etwas ganz anderes erwartet, vielleicht gar etwas, was ihm ihre Gunst ausdrückte, jedenfalls war seine Überraschung nicht gering und ihm anzumerken.

Er lachte leise. »Das ist alles?«, sagte er.

Sie hob den Kopf, blickte ihm direkt in die Augen, wie es ihr eigentlich nicht anstand. Sie tauschten einen langen Blick inmitten der Ewigkeit, und da Zeit dort keine Rolle spielte und alles einfach, jederzeit, immerwährend geschah, dauerte er ewig.

»Sie haben ein reines Herz, kleine Schinzin«, sagte er leise. Im Schein der Laternen war sie so schön anzusehen, dass ihn ein Glücksgefühl durchfuhr, die pure Freude am Leben und an Momenten wie diesen. Ich werde meine Ode schreiben, dachte er, und dich, du Inbegriff alles Schönen und verführerisch Weiblichen, darin verewigen! Und so wird man sich deiner erinnern, auch nach langer Zeit.

Die Empfindsamkeiten dieses Tages waren so vielfältig gewesen, alles hatten sie an inneren Regungen erfahren: Vorfreude, Freude, pure Lust; Melancholie,

Trauer, Besinnlichkeit; Übermut, Glückseligkeit und Euphorie. Jetzt erfasste sie alle ein Gefühl der Dankbarkeit, aber auch ein tiefes Bedauern. Sie blickten einander in die Augen und fanden darin Seligkeit ebenso wie Schmerz.

Klagen wurden laut: Wie schnell doch die Stunden vergangen seien! Dabei kam es ihnen vor, als seien sie eben erst aufgebrochen! Dass die Zeit unbarmherzige Flügel habe und immer dann besonders schnell verstreiche, wenn es am wenigsten vonnöten sei.

Hirzel allen voran wurde von tiefer Melancholie erfasst, seine Augen waren wahrhaftig schon wieder feucht. »Ach!«, rief er. »Dass wir so der Ewigkeit zufahren könnten!«

Dies, befand Klopstock, sei nun vielleicht zu vermessen, doch hielt er (indem er mit Anna einen vielsagenden Blick tauschte) ein Stück davon, eine begrenzte Ewigkeit von vier Tagen für sehr erwünscht. Und um der Traurigkeit erneut einen Riegel vorzuschieben, forderte er Hirzels Daphne auf, noch einmal das schöne Lied, Hallers »Doris«, zu singen. Diese ließ daraufhin erneut ihre helle und reine Stimme erklingen.

Des Tages Licht hat sich verdunkelt,
Der Purpur, der im Westen funkelt,
Erblasset in ein falbes Grau;
Der Mond erhebt die Silber-Hörner,
Die kühle Nacht streut Schlummer-Körner,
Und tränkt die trockene Welt mit Thau.

Doch wie anders klang dies jetzt, am Abend und hier auf dem Wasser gesungen. Nun, zur passenden Zeit, rührte dieses Lied vor allem Gefühle der Wehmut an, obwohl (oder vielleicht auch weil) einige, so gut sie konnten, in den Gesang einstimmten.

Als die Lichter der Stadt näher und näher kamen, bat man die Schiffer allenthalben, das Tempo nach Möglichkeit zu verlangsamen, bis die Männer das Gefährt auf dem nun spiegelglatten See beinahe nur noch treiben ließen. Schimmernd bildeten die erleuchteten Fenster sich und ihren Glanz auf dem unberührten Wasser ab. So still war alles, dass Geräusche weithin trugen. Doch rührte sich kaum noch etwas, es ging schon nach zehn, und in den Straßen und Gassen schickte sich nun alles zur Nachtruhe an.

Alles Verzögern änderte nichts daran, dass sie schließlich den Anlegeplatz erreichten. Nach und nach stiegen alle ans Ufer, wo es unwiderruflich Abschied nehmen hieß.

Überschwänglich dankte man Hirzel, dankte der von Muralt, es begann ein großes Umarmen und Herzen und Küssen der Wangen, und niemand wollte es sich nehmen lassen, von einem ganz besonders Abschied zu nehmen: Klopstock, ihr berühmter Gast, der im Laufe dieses unvergleichlichen Tages zu ihrer aller Gefährte und Freund geworden war, der nun artig Hände küsste und einen jeden und eine jede mit innigem Blick bedachte, sichtlich berührt und doch fröhlich, augenfällig beglückt und doch mit Tränen in den Augen.

Niemandem blieb auf diese Weise genügend Zeit, gebührend Dank zu sagen und angemessen der Verbundenheit Ausdruck zu verleihen, die dieser Tag zwischen ihnen geschaffen hatte. Vorbei huschten Hände und Gesichter, in denen sich ärger als zuvor die Fassungslosigkeit darüber spiegelte, wie schnell, wie grausam schnell gerade die schönen Stunden vorübergingen. Wohl gab man wieder und wieder einer Zuversicht Ausdruck, ein Gleiches zu anderer Zeit wiederholen zu können, wie es immer und überall auf der Welt geschieht, in einer tief verborgenen Ahnung, diese Hoffnung sei nichts als bloß trügerisch. Eine Ahnung, die mancher unter ihnen bereits aus der Erfahrung schöpfte, dass nichts im Leben je wiederholbar war, es schien ein ehernes Gesetz zu sein.

Doch sosehr man dies alles auch hinzog, man musste schließlich voneinander scheiden.

Hirzel, der den Schiffsleuten pflichtschuldig noch einige Münzen zugesteckt und ihren überschwänglichen Dank geflissentlich abgewinkt hatte, kämpfte, indem er von allen zuletzt ans Abschiednehmen kam, sichtlich mit den Tränen. Als er versuchte, noch einige Worte zu sagen, erstickte ihm förmlich die Stimme. So blieb nur ein letzter Blick und ein Ergreifen der Hände. Aller Dank und alle Gefühle der Verbundenheit und Freundschaft waren derart besser ausgedrückt, als Worte es vermocht hätten.

Und so ging man also, zögerlich, sich immer wieder umwendend. Schon verschwanden die ersten, hierhin, dorthin in den Gassen. Ein wenig Lärmen noch dort unten am Landungsplatz, der in den zunächst liegenden Häusern hier und da die Köpfe braver Bürger an die Fenster lockte. Ein letzter Dank, ein Gruß, ein letzter

Blick. Abschied, allmählich verklingend, zur Stadt und über das Wasser hin.

Ihre Fahrt war zu Ende.

Die nahe Turmuhr schlug gerade zehn, gute zwölf Minuten zu spät.

Epilog

Über dem See war es ganz still. Nichts regte sich. Es herrschte tiefe, dunkle Nacht. Wo das Schiff seinen Kurs genommen hatte, waren die aufgerührten Elemente längst zur Ruhe gekommen, Winde verweht, alle Wasser wieder still. Aller aufgewühlte Schlamm war längst zu Boden gesunken, alle aufgeschreckten Fische ruhten.

Die Ereignisse des Tages waren jetzt Geschichte. Stimmen und Gelächter waren verklungen, aller Schall war längst über den See und die Ufer hinweg. Wie ein leiser Hauch ging nur noch das Wissen um alle Dinge über die weite Fläche des Wassers, ging über Stadt und Land, war hier und dort und überall, überall und nirgends, gleichzeitig, immerwährend, niemals. Was geschehen war, war geschehen, von Anbeginn, und was noch kommen würde, bis ans Ende aller Zeiten, würde kommen, wieder und wieder und immerzu.

Jetzt wehte das Wissen um die Dinge in der Welt durch die Fenster und Ritzen der Häuser zu den Menschen, umflüsterte sie im Schlaf und sagte ihnen, was sich manchmal in ihren Träumen wiederfand, verschwommen und verzerrt, ohne dass sie es begreifen oder am nächsten Morgen noch hätten wissen können.

»Du wirst nie wieder erwachen«, sagte es zu einem dicken alten Mann, der im Schlaf schwer stöhnte. »Armes Kind«, sagte es, an einer Wiege, »du hast nur fünf Jahre zu leben.«

Es war bei einer jungen Frau, die in den Wehen lag, kurz vor der Geburt des ersten ihrer vierzehn Kinder. Es war bei einer Küchenmagd, die in ihrer dunklen Kammer heimlich zur Empfängnis stöhnte. Es war bei einem noch wach liegenden Jungen, der nicht ahnen konnte, dass er ein halbes Jahrhundert später Bürgermeister der Stadt sein würde.

Stundenlang lag alles in tiefer Dunkelheit. Dann, nachdem eine Brise sich erhoben hatte, das Wasser des Sees zu kräuseln, veränderte sich der Himmel. Schon war von den Ufern her der Gesang der ersten Vögel zu hören, bald zeigte sich am Horizont im Osten, jenseits von Meilen und der Halbinsel Au, ein blasser Schimmer. Ein Streifen Licht, der heller und breiter wurde.

Dann ging die Sonne auf, die ewige, unbarmherzige Verräterin.

Ein neuer Tag zog herauf.

Nachschrift

Friedrich Gottlieb Klopstock (1724–1803) avancierte weiterhin zum Dichterfürsten seiner Zeit. Bis 1773 vollendete er die angestrebten zwanzig Gesänge seines *Messias*. Doch schon Zeitgenossen vermissten in der zweiten Hälfte des Werkes die poetische Kraft der früheren Jahre. So verblasste sein Ruhm schnell, bereits zu Lebzeiten – wie Bodmer es (zumindest hier) vorausgeahnt hatte. Am Ende blieb ihm nur der Ruf eines Vorreiters und Vaters der nachfolgenden großen Dichter des »Sturm und Drang« und der »Klassik«.

Am Tag nach der Fahrt auf dem Zürichsee reiste er mit Bodmer für acht Tage nach Winterthur, blieb aber noch bis Februar 1751 in Zürich. Ob Klopstock Anna Maria Schinz während dieser Monate je wiedergesehen hat oder auch nur den Versuch dazu unternahm, ist unbekannt. Weiterhin widmete er sich eifrig gesellschaftlichen Vergnügungen im Kreise junger Damen, machte durch seine Kapriolen beim Ausreiten und beim Eislaufen auf der Limmat von sich reden. Bereits Anfang September 1750 hatte er im Streit den bitter von ihm enttäuschten Bodmer verlassen und wohnte die restliche Züricher Zeit bei Hartmann Rahn. Mit Bodmer gab es schließlich vor der Abreise eine halbherzige Versöhnung.

In einer ersten Fassung seiner Ode über die Fahrt auf dem See (geschrieben in Winterthur) erwähnte er Anna Maria noch schwärmerisch (wenn auch bruchstückhaft) als »die Sch...in«. Später tilgte er ihren Namen und ersetzte ihn durch »Fanny«. So hatte er zuvor bereits seine vergeblich umworbene Cousine Maria Sophia Schmidt bezeichnet, wollte wohl auch nachträglich den Eindruck erwecken, diese sei gemeint. Nach Klopstocks spontanem Bericht über die Zürichseefahrt war jedoch bereits Bodmer zu der Einschätzung gekommen, Klopstock sei in Anna Schinz »in rechtem Ernst verliebt«.

Noch in Zürich hatte Klopstock von der Möglichkeit erfahren, im dänischen König Friedrich V. einen Mäzen zu finden. 1751 reiste er nach Kopenhagen und kam dort bis 1770 in den Genuss eines königlichen Jahresgehalts zur Vollendung des »Messias«.

1754 heiratete Klopstock die Hamburgerin Margareta Moller (»Meta«), die 1758 früh, bei der Totgeburt eines Sohnes, verstarb. Werbungen um andere Frauen folgten, blieben jedoch vergeblich. Ab 1762 bemühte er sich um die damals zwanzigjährige Luise Sidonie Diedrich (»Done«), ab 1767 um die Kaufmannstochter Anna Cäcilie Ambrosius (»Cilie«, die er brieflich umschwärmte, der er aber nie begegnete). Mehr als dreißig Jahre lang lebte er als Witwer und blieb kinderlos. Erst 1791 ging er eine neue Ehe ein, mit Johanna Elisabeth Dimpfel (1747–1821), einer Nichte seiner ersten Frau (bei der er schon seit 1776 gelebt hatte).

Im 19. und vorletzten Gesang seines *Messias* ließ

Klopstock Abbadonna schließlich Gnade widerfahren; Christus selbst schenkt ihm barmherzig das ewige Leben.

Anna Maria Schinz (1732–1811) blieb bis zu ihrem sechsunddreißigsten Lebensjahr unverheiratet. Erst 1767 ging sie eine Ehe ein, mit dem um neun Jahre jüngeren Hans Jakob Heß (1741–1828), Schilderungen zufolge äußerlich unscheinbar, jedoch von hohen geistigen Gaben. Heß, der zum Zeitpunkt der Seefahrt acht Jahre alt gewesen war, studierte Theologie, wurde später Antistes (Kirchenvorsteher) und Pfarrer und verfasste unter anderem eine »Geschichte der drei letzten Lebensjahre Jesu«. Sie führten eine 44-jährige Ehe, die kinderlos blieb. Ein Chronist bemerkte, dass sich Anna in dieser Zeit »zu einer der Zierden Zürichs herausbildete«. Aus dieser Quelle geht auch hervor, dass sie von Klopstocks Verhalten am Tag des Ausflugs (und in der Folgezeit) letztlich sehr enttäuscht war.

Hartmann Rahn (1721–1795), der Sohn eines Seidenfärbers, versuchte sich weiterhin als Fabrikant im Metier des Vaters, später auch in Dänemark, Lübeck und Hamburg, scheiterte jedoch und geriet in finanzielle Schwierigkeiten. Er war ein großer Bewunderer Klopstocks, begleitete diesen in den Norden und heiratete 1754 Klopstocks Schwester Johanna Victoria (1730–1780), wurde also dessen Schwager. Die existenziellen Probleme überschatteten jedoch sein Leben. Durch die Heirat einer seiner Töchter wurde er im Alter der Schwiegervater des großen deutschen Philosophen Johann Gottlieb Fichte.

Rahn hatte Klopstock den Einladungsbrief zur Fahrt auf dem Zürichsee geschrieben.

Johann Rudolf Werdmüller (1724–1776) übersetzte später Klopstocks »Ode an Fanny« und auch seine Ode »Der Zürchersee« ins Französische. Er wurde Offizier und Landvogt. 1753 verfasste er eine Idylle mit dem Titel »Die vier Stufen des menschlichen Alters«, die ihm das Lob Bodmers einbrachte.

Über *Anna Magdalena Werdmüller,* geb. Landolt, (1723–1778), ist Näheres nicht bekannt.

Hans Caspar Hirzel (1725–1803) blieb als Mediziner in Zürich und wurde 1751 zunächst Zweiter Stadtarzt. Zehn Jahre später erfolgte der Aufstieg in die Postion des Ersten Stadtarztes. 1762 avancierte er zum Präsidenten der von ihm 1761 mitbegründeten Helvetischen Gesellschaft. Er stand in Beziehung zu Goethe, als dieser sich 1775 in Zürich aufhielt. Seit 1748 war er verheiratet mit Anna Maria Ziegler. Spät, nach deren Tod, ging er noch einmal eine Ehe ein, mit Regula Leu. Besonders kundig in der Landwirtschaft und der Staatsphilosophie, veröffentlichte er mit einigem Erfolg die Bücher »Die Wirtschaft eines philosophischen Bauers« (1761) und »Das Bild eines wahren Patrioten« (1767). 1755 schrieb er anlässlich der Hochzeit seines Bruders Salomon das Gedicht »Die Seligkeit ehelicher Liebe«.

Anna Maria Hirzel geb. Ziegler (1725–1790) gebar ihrem Ehemann Hans Caspar Hirzel nach der Hochzeit 1748 insgesamt dreizehn Kinder (von denen aber einige starben). Sie wird beschrieben als »sanft, freundlich, fleißig, mäßig, aber froh bei jedem Lebensgenusse, (…) eine Zierde des häuslichen Kreises«. Dass sie hübsch und eine gute Sängerin war, geht aus Hirzels und Klopstocks brieflichen Beschreibungen der Fahrt auf dem Zürichsee hervor. Weiteres ist über sie nicht bekannt. Dass sie laut einer Chronik »bei ihrem schmerzensvollen Ende ein Beispiel der Geduld und frommen Standhaftigkeit« blieb, lässt auf schwere Krankheit und ein qualvolles Sterben schließen.

Salomon Hirzel (1727–1818), Hans Caspar Hirzels Bruder, versah nach seinem Studium der Staatswissenschaften öffentliche Ämter, z. B. als Vorsteher der Staatskanzlei, und war Verfasser mehrerer biografischer Arbeiten über bedeutende Züricher Bürger und der »Zürcherischen Jahrbücher«, einer detaillierten Geschichte Zürichs. Er war seit 1755 verheiratet mit Anna Elisabetha Ulrich (1735–1799). 1761 war sein politisches Drama »Junius Brutus« erschienen. Er starb, hochgeachtet, im zweiundneunzigsten Lebensjahr.

Von der jungen *Anna Keller,* die vermutlich die Begleiterin von Salomon Wolf war, ist nichts weiter bekannt, als dass sie sehr alt wurde – über hundert Jahre. Sie dürfte somit alle Teilnehmer der Fahrt überlebt haben.

Hans Caspar Keller vom Steinbock (auch: Keller von Goldbach, 1727–1793) wurde später Stadthauptmann und Mitglied des Geheimen Rates von Zürich. Er begleitete Anfang 1751 Klopstock auf seiner Reise nach Kopenhagen.

Johann Heinrich Schinz (1727–1792), der Bruder von Anna Maria Schinz, wurde Kaufmann und Übersetzer englischer Literatur und bekleidete später hohe Ämter im Rat von Zürich. Er hielt Vorträge an der Naturhistorischen Gesellschaft und war 1761 Mitbegründer der Helvetischen Gesellschaft, 1767 deren Präsident. Verheiratet war er mit Barbara Esslinger. Seine direkte Nachkommenschaft lässt sich heute bis in die USA (nach Kalifornien, Wisconsin und Illinois) verfolgen.

Johann Heinrich Schinz (1726–1788), der Theologe, wurde später Pfarrer der Gemeinde Altstetten. Er war ein Vertrauter Bodmers und des Dichters Christoph Martin Wieland und verfasste theologische und philosophische Abhandlungen.

Der als eher unansehnlich beschriebene *Salomon Wolf* (1716–1779) war Herausgeber von Zeitschriften, u. a. der moralischen Wochenschrift »Der neue Eidgenosse«. 1755 wurde er Registrator im Züricher Stadtarchiv. Seine Ehefrau, *Anna Maria Wolf* geb. Waser (1719–1788), überlebte ihn um neun Jahre.

Als eine der ursprünglich namentlich nicht überlieferten Teilnehmerinnen der Seefahrt wurde später *Anna Barbara Ulrich* benannt, die möglicherweise die Begleiterin Keller von Goldbachs war. Sie wurde 1754 die zweite Gattin des Züricher Bürgermeisters Hans Heinrich Kilchsperger (1726–1805). Auch sie galt als besonders schöne Frau.

Im Hause der *Margaretha von Muralt* (1699–1767) erlebte Klopstock während seines weiteren Aufenthalts in Zürich noch diverse Festlichkeiten im Kreis junger Damen und Herren, was ihn mehr und mehr in Verruf brachte.

Johann Jakob Bodmer (1698–1783) blieb (mit seiner Frau Esther, die im Alter erblindete) lebenslang in dem großen Haus am Oberen Schönenberg. Dort empfing er im Lauf der Jahre noch viele hoffnungsvolle junge oder auch bereits berühmte Dichter, so etwa Wieland, Ewald Christian von Kleist und (in den Siebzigerjahren) Goethe. Zu seinen Schülern zählten Künstler wie Salomon Gessner und Johann Caspar Lavater sowie der Pädagoge Johann Heinrich Pestalozzi. Sein Versepos »Noah« erschien 1752 ohne nennenswertes Echo, es folgten weitere Epen und Gedichte und eine Vielzahl von Dramen; nichts davon hatte Wirkung. Bedeutende Leistungen erzielte er auf literaturwissenschaftlichem Gebiet: als Entdecker und Wiederentdecker mittelalterlicher Textdichtungen und als Übersetzer (u. a. von Homer und John Milton). Sein Einfluss (als eine Art Ur-Germanist) war entscheidend für die deutsche Romantik. Er blieb väterlicher Freund und Förderer junger Talente und setzte sich auch für die Bildung sozial Schwacher ein.

Das sogenannte Bodmer-Haus beherbergt heute das Thomas-Mann-Archiv und liegt in unmittelbarer Nähe zur Universität, deren Hauptkomplex sozusagen vor der Haustür liegt.

Zürich erlebte weiterhin einen erstaunlichen wirtschaftlichen und kulturellen Aufschwung. Doch blieben die politischen Verhältnisse nicht so lange stabil, wie die Teilnehmer der Zürichseefahrt es sich erträumt hatten. Risse in der ach so »wohl bestellten« Ordnung wurden sichtbar, nur wenige Jahrzehnte später kam es in der Stadt und im Umland zur Auflehnung gegen die machtpolitischen Privilegien der Züricher Oberschicht und zu heftigen Unruhen, unter Eingreifen des Militärs. Das alte System wankte, der nur trügerische Frieden war dahin. Mit der Helvetischen Revolution zu Ende des 18. Jahrhunderts verlor Zürich seinen feudalen Herrschaftsstatus.

Klopstocks Ode *»Der Zürchersee«* ist in der Germanistik eines der meistuntersuchten und -besprochenen Gedichte und gilt als Paradebeispiel für die euphorische Sprache der Empfindsamkeit. Die »Hütten der Freundschaft«, die Klopstock dort besang, waren jedoch einem schnellen Verfall überlassen: Als Klopstock sich Anfang September 1750 mit seinem ersten Gastgeber Johann Jakob Bodmer überwarf und zu Hartmann Rahn zog, schlugen sich die meisten der Zürichseefahrer auf Bodmers Seite. Auch kompromittierte sich Klopstock zunehmend durch sein zumindest ansatzweise ausschweifendes Leben. Der fröhliche Kreis der Ausflügler war somit nicht von Bestand. Allein die Beziehungen zu Keller und Rahn waren von Dauer, zu Letzterem lebenslang. Die anderen Züricher hat Klopstock nach seiner Abreise nie mehr wiedergesehen.

Der *Zürichsee* ist heute, wie von Werdmüller vorausgeahnt, an seinen Ufern fast vollständig zugebaut.

Das Wissen um alle Dinge ist wie ein Geist, eine unsichtbare Kraft, wie eine Konstante, die sich durch alle Existenz und jegliches Dasein zieht. Wie eine Seele, die allem innewohnt. Eine unendliche Weisheit und Wahrheit, für die es weder Vergangenheit noch Zukunft gibt. In dem Versuch, dieses Wissen zu benennen, ist vor allem ein Begriff geprägt worden: Gott.

Anmerkungen

Johann Sebastian Bach (1685–1750): Deutscher Komponist des Barock. Er war zum Zeitpunkt der Zürichseefahrt bereits verstorben, nämlich am 28. Juli.

Johann Jakob Breitinger (1701–1776): Schweizer Philologe und Autor. Hauptwerk: »Critische Dichtkunst« (1740).

Johann Arnold Ebert (1723–1795): Deutscher Dichter und Übersetzer.

Johannes Gessner (1709–1790): Schweizer Naturforscher aus Zürich. 1746 Begründer der dort ansässigen Physikalischen Gesellschaft (heute: Naturforschende Gesellschaft).

Johann Wilhelm Ludwig Gleim (1719–1803): Deutscher Dichter der Aufklärung. Ein erstes Zusammentreffen mit Klopstock war im Mai 1750 erfolgt.

Johann Christoph Gottsched (1700–1766): Deutscher Schriftsteller und Literaturwissenschaftler der frühen Aufklärung. Er galt als »Literaturpapst« seiner Zeit.

Friedrich von Hagedorn (1708–1754): Deutscher Dichter. Gilt als Begründer des deutschen Rokoko.

Albrecht von Haller (1708–1777): Schweizer Universalgelehrter und Dichter der Aufklärung. Lyrisches Hauptwerk: »Die Alpen«.

Ewald Christian von Kleist (1715–1759): Deutscher Dichter und preußischer Offizier. Mit Hirzel befreundet. Poetisches Hauptwerk: »Der Frühling«.

Hans Georg Schulthess (1724–1804): Schweizer Theologe und Schüler Bodmers. Mitbegründer des »Montagsclubs« in Berlin, ein Diskussionsforum der Berliner Aufklärung. Schulthess begleitete Klopstock auf seiner Fahrt nach Zürich.

Zum Schluss

Dieses Buch beschreibt die Umstände und Vorgänge einer tatsächlichen historischen Begebenheit.

Die Schilderung der Ereignisse basiert in allen wesentlichen Eckpunkten auf den Überlieferungen derjenigen Beteiligten an der Zürichseefahrt, die sich im Nachhinein brieflich geäußert haben, und darüber hinaus auf allen erschließbaren Quellen (wie biografische Abrisse, Briefe, Chroniken).

In einigen Teilen musste sich die Schilderung mehr oder weniger weit von den überlieferten Fakten entfernen und hat somit stellenweise fiktionalen Charakter. Auch in diesen Teilen beruht die Darstellung zumindest auf überlieferten Anhaltspunkten.

Insbesondere die Inhalte der Kapitel 16 und 18 sind jedoch reine Fantasie, sind Deutung, Interpretation, Hypothese und Gedankenspiel und erheben keinen Anspruch auf dokumentarische Authentizität.

Weiterlesen mit dem Unionsverlag

Sólrún Michelsen *Tanz auf den Klippen*

Zwei Mädchen in einem Dorf auf einer abgelegenen Insel. Sie wachsen auf in einer archaisch wirkenden Welt, in zwei Familien, die unterschiedlicher nicht sein könnten, umgeben von abgekämpften, rebellierenden Arbeitern, skurrilen Außenseitern und eigensinnigen Wirrköpfen. Jahre später treffen sie sich als junge Frauen wieder: Die eine als Studentin auf der Suche nach ihrem Weg ins Leben, die andere als rätselhafte, mit den Männern spielende Schönheit.

»Michelsen beschreibt unaussprechbare Gefühle, die oft verdrängt werden, weil sie so schmerzhaft zu erkennen sind.«
Färöischer Literaturpreis 2008

»Sólrún Michelsen erzählt in surreal überhöhten, kräftigen Bildern von einer Außenseiterin, die sich zunehmend wehrt und rächt.«
Verena Stössinger, Neue Zürcher Zeitung

Xavier-Marie Bonnot *Die Melodie der Geister*

Der Marseiller Polizeikommandant Michel de Palma, auch »Baron« genannt, soll Licht in den Mord an Dr. Delorme bringen, der tot an seinem Schreibtisch aufgefunden wurde, vor ihm aufgeschlagen Freuds Werk *Totem und Tabu.* 60 Jahre zuvor hat der Wissenschaftler in Neuguinea den Einheimischen Schädel und Totenmasken abgekauft. Warum fehlt in Delormes Villa einer dieser Schädel?
Während die Ermittlungen laufen, kommt es zu weiteren Verbrechen an Ethnologen und Kunsthändlern. Seine Untersuchungen führen den Ermittler in die Tiefen der Marseiller Unterwelt aber auch nach Neuguinea und in die internationale Kunsthandelszene.
»Dies ist der Beginn einer wunderbaren Freundschaft zwischen dem Baron von Marseille und allen, die es noch ernst meinen mit dem Kriminalroman.« *Friedrich Ani*

Mehr über alle Bücher und Autoren auf *www.unionsverlag.com*

Weiterlesen mit dem Unionsverlag

Ralph Schock (Hg.) *Der liebste Ort auf Erden*

Das »stille Örtchen« – Möglichkeit des Rückzugs, der Selbstfindung, gar der Kontemplation. Eine für das andere Geschlecht verbotene Oase oder aber überraschende erotische Begegnungsstätte. Vor allem ist es der Ort, an dem der Mensch radikal mit sich selbst konfrontiert ist. Kein Wunder, dass Schriftsteller und Dichter immer schon viel darüber erzählt haben: Persönlich, indiskret, schockierend, erhellend, erheiternd, unterhaltend.
Mit Texten von Melinda Nadj Abonji, Bertolt Brecht, Adelbert von Chamisso, Günter Eich, Hans Magnus Enzensberger, Wilhelm Genazino, Robert Gernhardt, Johann Wolfgang von Goethe, Günter Grass, Axel Hacke, Thomas Hürlimann, Ernst Jandl, Bodo Kirchhoff, Hugo Loetscher, Milena Moser, Liselotte von der Pfalz, Michèle Roten, Joseph Roth, und vielen vielen anderen.

Guy de Maupassant *Auf See*

Maupassants Bericht über eine zehntägige Kreuzfahrt mit seiner Jacht von Antibes bis Saint Tropez ist gleichzeitig eine Reise durch Geist und Seele des Schriftstellers. Er reflektiert in seinem Schiffstagebuch über Kunst und Gesellschaft, Krieg und Liebe, Glück und Einsamkeit. Während die Jacht ihn Welle für Welle in die endlose Weite der Gedanken trägt, holen ihn die kurzen Landgänge in die Gegenwart und das Schicksal seiner Zeitgenossen zurück. So wechseln sich philosophische Reflexionen mit szenisch-kritischen Betrachtungen über seine Landsleute ab. Die zeitlosen Texte sind vielschichtig und inspirierend und laden den Leser zum Nachdenken und Verweilen ein.
»Das Buch fasziniert durch seine Eleganz und Widersprüchlichkeit. Schöne Übersetzung, kluge Anmerkungen, glänzendes Nachwort.«
NZZ am Sonntag

Mehr über alle Bücher und Autoren auf *www.unionsverlag.com*